U0013050

龍雲
作品

龍雲
作品

龍雲
作品

龍雲
作品

魔悟
驅魔少女
龍雲 著
LOIZA 繪

魔悟

第1章・頑固廟的前世今生

1

十多年前——

或許這一次，我們師徒倆真的會死在這裡。

看著呂偉道長那張慘白的臉孔，年輕的阿吉有了這樣的覺悟。

不過對阿吉而言，死在這種莫名其妙的地方，真的是件難以想像的事情。

這裡是座廢棄的三合院，類似的建築雖然說不能算是十分罕見，但也已經越來越少見了。

這座三合院，本來是屬於這個地區的一個地主家族所有，年代相當久遠，不管是這座建築還是這個家族，都是如此。

這個地主家族遠在國民政府遷到台灣來之前，便已經在這裡根深蒂固，就好像是當地的土皇帝一樣，握有這個地區的一切權力，比起一些沒落的皇親國戚來說，絲毫不遜色。

不過隨著政權轉換，時代演進，各種政策推行之下，讓這些仗著祖先家產，榨乾同胞為生的地主家族，也逐漸沒落。如果不想辦法改變過去的習慣，為自己與家族找到自力更生的路，下場恐怕就跟這座三合院的其他家族成員一樣，最後連祖產的三合院，都沒有能力維繫，任其荒廢。

不過這個家族之所以會沒落至此，恐怕不單單只因為時代轉變，不能再壓榨同胞這麼簡單。相傳，身為地主的這一家族長年霸凌佃農，並且做了許多缺德事的緣故，導致報應不爽，長年以來，總有家族成員不幸死於非命，或者是發瘋發狂。

許多這個家族的成員，因為害怕這樣的報應，紛紛離家，甚至與家族斷了聯絡，自己想辦法在他鄉落地生根。

而這些三不五時就降臨的不幸，更是加速了家族的衰亡，自從上一個仍然固守在這個老家的太公慘死之後，這座三合院就一直荒廢至今。當時會發現太公慘死於宅邸之中，還是因為有附近的農夫經過，聞到屍臭味，進門查看才發現太公死亡多日的屍首。曝屍多日無人知，這家族晚景淒涼的狀況，由此可見一斑。

太公的死就像壓垮駱駝的最後一根稻草，讓這座三合院就此被人們遺棄，直到十多年後呂偉師徒倆造訪的今天。

如果不是因為政府為了開闢產業道路，準備開發這個區域，恐怕這座三合院，會繼續荒廢下去。

政府聯絡到早已經移民海外的家族親人，取得了同意、辦妥手續後，開始著手三合院的拆除工程。

真正的問題，發生在拆除工程時，一連三組人員到了現場，卻連一面外牆都還沒動，就接二連三發生了許多意外與不幸事件。

附近的居民都說，這是地主家族的惡靈作祟，因為長期在這塊區域宛如土皇帝的他們，即便家道中落，也不願意放棄這個代表他們家族的三合院，所以只要有工人試圖進行拆除工作，就會遭遇不測。

由於類似的傳聞傳得沸沸揚揚，導致政府單位也沒辦法繼續漠視，只好尊重當地的風土民俗，請來法師舉行一場超渡亡魂的法會。

誰知道一連請了數個法師與上人，試圖舉辦法會，最後都跟那些拆除大隊一樣，遭遇意外與不測。

而這個困難的工作，最後輾轉來到呂偉道長的手上。

於是，呂偉道長帶著阿吉，開著那輛慣用的貨卡，兩人一路南下，來到這座三合院前。

一下車，阿吉就感受到那股不尋常的氛圍。

當然，這時候的呂偉道長，早已成名，功力深厚不在話下。

多半類似這樣難以解決的案子，輾轉來到呂偉道長手上時，早就不是什麼新鮮的事件，這些案子多半都很有問題，而且也早已經過多方驗證，確實都是鬧得很兇的案件。

這也正是呂偉道長之所以可以成為繼鍾馗祖師之後，第一個對付過所有靈體的道長，最主要的原因之一。

就是因為許多難以解決的案件，最後好像條條道路通羅馬般，都來到呂偉道長的手中，因此才比其他人還更有機會，面對一個又一個強大的靈體。

這情況對師徒兩人來說，到底是福還是禍，這時候的阿吉還沒有辦法體會。

不過即便師徒倆的經驗如此豐富，一下車朝三合院裡面一瞧，還是讓阿吉感覺心裡發寒。

這時候的阿吉，早已隨師父呂偉道長南征北討多年，雖說功力方面可能比不上一般的弟子，畢竟阿吉一直比較著重操偶技巧；但說到操偶技巧，以及經驗累積下，跳鍾馗所能產生的威力，恐怕就連阿吉的師父呂偉道長，都已經不如阿吉了。

更重要的是由於經驗豐富的關係，對很多事情早就見怪不怪的阿吉，都感覺到心裡發寒，可以想見裡面，恐怕是師徒倆前所未見的狀況。

就連阿吉都可以感受到了這座三合院的不尋常，呂偉道長當然也察覺到不對勁的地方。因此他要阿吉待在車子旁，自己獨自一人來到了三合院的入口，但卻只佇立在入口處，完全沒有踏進三合院的院子中。

呂偉道長就這樣凝視著三合院裡面一陣子，然後轉頭看了一下入口兩邊的外牆。

為了進行拆除工作，當時拆除大隊的計畫就是先推倒、拆除入口兩側的這兩面外牆，如此一來大型機具才比較方便進出三合院。

誰知道連這兩面牆都還沒開始推，就一連發生了多起意外，最後只在牆邊留下了一些鑽鑿的痕跡，拆除大隊就落荒而逃了。

佇立在入口處，看了半天，呂偉道長才退回了車子旁邊。

「不太對勁，」呂偉道長說：「這麼強烈的屍瘴之氣，我從沒看過。」

屍瘴之氣所指的，是人或者是動物死亡之後，屍骨因為腐敗所散發出來的氣體匯集而成，這樣的瘴氣光是氣體本身就會對人體造成影響。這些阿吉都知道，不過以前遇到過類似的情況，都是封閉空間，同時有大量的屍首才有可能形成這樣的氣。

「不過，」阿吉一臉狐疑地說：「最後一個被人發現的太公，已經是十多年前的事情了，而且這裡這麼空曠，怎麼會有這樣的氣？」

「嗯，」呂偉道長這時候從車子裡，拿出了手電筒，點了點頭說：「因為有界的關係。」

「界？」

呂偉道長點了點頭，然後揮揮手要阿吉跟著自己，呂偉道長用手電筒照著路走在前面，阿吉緊跟在後，兩人並不是朝著三合院入口而去，反而是往東方走。

呂偉道長彷彿在尋找什麼，一直用手電筒照向四周，一邊跟阿吉解釋。

「我剛剛在門口看了一下，」呂偉道長說：「雖然還不清楚這個界是怎麼形成的，不過這個界順著外牆將整座三合院都包含在其中，所以才會累積這些瘴氣。在這種情況下，最難以對付的地方就是界的所在之處，也就是那些外牆，所以那些拆除的工人，才會在拆牆的時候遇到意外。」

呂偉道長講完時，兩人已經繞著三合院走了一圈，但是呂偉道長並沒有找到他要找的東西。

「所以，」阿吉問：「我們現在在找什麼？」

「不管是界還是那些瘴氣，」呂偉道長說：「都不太對勁，所以我覺得……」

「有人搞鬼？」

「嗯。」呂偉道長點點頭。

要像這樣讓瘴氣起作用，就需要挖個宛如洞穴般的封閉空間，並且將大量屍骨放置其中，才有可能產生所謂的瘴氣。這過程其實跟釀酒十分類似。

雖然說不清楚對方這麼做的用意，不過總之就是想害人，基於這個因素，相信當時住在這裡的家族，不可能眼睜睜看著別人在自己家挖洞，因此最有可能下手的地方，就在三合院的附近，直接挖個地道，通向三合院。

這麼判斷的呂偉道長，才會帶著阿吉，繞行三合院希望可以找到一些蛛絲馬跡。

就在這個時候，呂偉道長停下了腳步，拿出了張符，用手在符上畫了一下之後，將符在手中戳個幾下，整張符立刻變成一條細長的紙條。

阿吉非常清楚，這就是所謂的「仙符指路」，專門用來找尋靈跡的根源。

呂偉道長用兩指拿著符，過了一會之後，被戳成細長的符，突然指向了東邊，師徒倆依著呂偉道長手上的符指示的方向，一路朝著東邊而去。

兩人約莫走了一百多公尺後，呂偉道長手上的符突然火光一閃，瞬間燃燒成灰。

呂偉道長用手電筒照了一下四周，看到在一旁的坡道上，有一塊大木板，可能因為長年放置在這裡的緣故，讓這塊木板跟一旁土壤的顏色，早已融為一體，很難辨識。如果不是像兩人這樣仔細在尋找蛛絲馬跡的話，肯定不會發現那塊木板。

兩人合力將木板搬開，一個差不多一個成人可以曲著身子進去的通道，就藏在這塊木板後面。

呂偉道長與阿吉兩人互看一眼之後，確定這個通道後面，肯定有玄機。

於是兩人拿了塊布綁在臉上充當口罩，並且在口中含著消瘴符後，兩人一起進入走道中，走過了將近一百公尺遠，整個空間突然變得廣大。

呂偉道長拿手電筒一照，眼前的畫面不只讓阿吉倒抽一口氣，就連見過大風大浪的呂偉道長，也不自覺地沉下了臉。

成堆人類的屍骨堆積在洞穴中，幾乎要疊成一座小山。

以距離來算，這個洞穴所在的地方，應該就是三合院的正下方，所以瘴氣順勢而上，長期以來一直傷害著住在三合院裡的家族。

而且仔細觀察，不難發現這些堆積成山的白骨，並不是一次全堆進來，而是分批進來，甚至有可能是一具具搬運進來的。從屍骨的狀況看起來，相隔的時間恐怕超過數年之久。

換句話說，不管是誰想要殘害這家人，都絕對不是一兩天的事，這個駭人的計畫，可能長達數十年之久，甚至有可能一代傳承到下一代。

如果綜合那家人的背景，大概可以猜得出一點來龍去脈。

應該是這個長期壓榨村民的家族，做了許多讓人痛恨的事，被害者在完全沒有辦法與他們抗衡的情況下，只能用這樣惡毒的方式來報仇雪恨，轉而成為了加害者。

類似這樣的案例其實不算罕見，在過去的威權、極權時代，就有很多類似的狀況發生。

看著眼前這等景象，身為經驗老到的道士，腦海裡浮現出來的，是一代代村民，將親人屍體運來這個地方丟棄的景象。

在過去法律保障不到的時代，在政府沒有辦法替小老百姓伸張正義的情況下，私刑屢見不鮮，而當小老百姓連私刑的力量都沒有時，最常見的就是這種咒術。

或許沒有辦法得到立即性的報復快感，但是卻暗藏著綿綿的恨意，一點一滴地將這個家族推向毀滅的深淵。

面對這樣的恩恩怨怨，呂偉道長並沒有多餘的情緒，畢竟人世間的天理循環，本來就是不足以為人所評論。

要所有人都安安分分地相信天理循環的報應，也未免有點太過強人所難。

雖然說不難想見，在過去的年代，這些惡德地主可以做出那些慘無人道的事情，不過要像這樣聚集如此多的屍首，恐怕也不是簡單的事情。

更重要的是，還要有了解這些咒術的人，才有可能辦得到。

只是這些對呂偉道長來說，已經都沒有意義了。

現在不管有什麼樣的仇恨都已經報了，一切的恩恩怨怨，也該雲淡風輕，讓一切回歸天理。

在搞清楚來龍去脈後，呂偉道長當下也決定，先開壇破除上面的界，讓瘴氣可以散去，再找人來進行法會，讓這些遺骸可以入土為安。

兩人離開洞穴後，回到貨車旁，把用來開壇的桌子，以及需要用到的東西，一一從車上搬下來。

呂偉道長看了方位後，決定在院子中央偏西一點的地方開壇，而阿吉則在入口處，跳鍾馗鎮場面。

安排妥當後，呂偉道長立刻開壇作法，準備先破除依附在牆壁上面的界，讓瘴氣可以消散。

這時候的呂偉道長，已經是鍾馗派的翹楚，功力自然不在話下，果然開壇沒多久，就在阿吉的跳鍾馗助陣下，很快破除了外牆的界。

從土壤底下冒出來的瘴氣，隨著破界之後，也開始飄散開。

雖然兩人在上面看不到，不過在洞穴裡，所有的屍骨都因為呂偉道長的作法，開始彷彿地震般震動起來。

許多風化許久的骨骸，經不起這樣的震動，滑落到一旁，剝落裂開。

原本堆積得宛如金字塔的骨堆，這時在震動下，中心高聳的部分，開始朝兩邊滑落，一個被埋藏在骨堆中的東西，慢慢顯露出來。

那是一具年代久遠的棺木。

有別於那些屍骨，這具棺木看起來最為古老，原本黑色的良木這時候都因為腐朽而顯得破爛不堪。

上面的阿吉與呂偉道長，根本沒有注意到底下洞穴的變化，仍持續作法，希望可以打散這些長年不消的瘴氣。

而棺木也因為開壇作法的緣故，開始搖晃並且崩裂開，裡面躺著一具屍骸，而在屍骸已經化成白骨的手上，握著一尊年老斑駁到已經認不出身分的神像。

神像在震動下左右搖擺，一條裂痕也從神像的頭上緩緩地綻開來，這條裂痕一路朝神像的腳部去，一連接到最底部，裂痕瞬間冒出了強烈的光芒，同時也發出了宛如爆炸般的聲響，整尊神像也跟著應聲爆裂。

這一爆不只有整個洞穴頓時被炸得煙霧瀰漫，就連在上方的阿吉與呂偉道長，都感覺到地板的震動。

……不太對勁！

就在呂偉道長這麼想的同時，一股強大的力量，從腳底冒了出來。

完全不知道底下的洞穴發生什麼事情的師徒倆，都被這股力量震懾住，頓在原地，四處張望。

原本應該對呂偉道長這對師徒來說，不算是什麼太困難的任務，卻在這個時候，有了驚人的變化。

當然，經驗完全不如呂偉道長的阿吉，根本不可能想得到發生什麼事情，更不了解這股突然出現的力量，到底有多恐怖。

唯一能夠幫助阿吉判斷的，只有呂偉道長的表情。

因此阿吉立刻望向呂偉道長，而也就在這個時候，阿吉有了這樣的覺悟。

——或許這一次，我們師徒倆真的會死在這裡。

2

想不到原本應該只是個簡單的任務，卻成了兩師徒這輩子最難忘的一個夜晚。

就在呂偉道長好不容易搞清楚到底發生什麼事情的同時，那個讓他們畢生難忘的身影也出現在兩人面前。

那身影七分像人，三眼四臂，額頭上的一目豎直地凝視著呂偉師徒。

而在那個身影浮現的同時，不要說修行多年的呂偉道長了，就連阿吉都感覺到整個空間不太對勁。

阿吉感覺到自己的雙腳不自覺地發抖，膝蓋也有點微痛，試圖想要動一下，但全身就好像被人定住般，無法動彈。

這時候的阿吉，因為不知道發生什麼事情，所以跳鍾馗也停了下來。如果是跳鍾馗的情況下，遇到這樣的力量，或許還不算太奇怪。那代表自己跳鍾馗的力量，被對方壓制。

可是現在自己已經停止跳鍾馗，還像這樣感受到如此強大的力量，真的是連想都不曾想像過。

阿吉都已經如此強烈地感受到了，另一邊站在壇前的呂偉道長當然不可能感受不到。

不，應該說這些感覺呂偉道長恐怕只有更為強烈。

就是這個恐怖的感覺，讓呂偉道長瞪大了雙眼，他知道即便是他自己，也沒辦法面對這樣恐怖的對手。

因為，光是這股氣息，就知道對手只可能是一種靈體，才有如此巨大的力量。

那就是位於一百零八靈體之首的——天逆魔。

為什麼在這個地方會遇到如此恐怖的靈體，這恐怕是呂偉道長想破腦袋也沒辦法想像得到的。

不過眼前不變的事實就是，歷史上一共只有十二尊的強大對手，現在就在他們師徒倆面前。

在鍾馗祖師傳下了口訣之後，雖然將靈體的強弱，簡單分為三個層次，不過實際上，這些強弱的差異，並沒有那麼明顯，還是要看各自靈體的造化，各靈體之間，並不存在絕對的強弱區別。

但是……這是對其他十一種靈體來說，位於口訣最末的「逆」，比起前面十一種靈體來說，確實是高人一等的存在。要說他是十二種靈體之首，恐怕不管是誰都不會有任何一點異議。

而在「逆」之中，又以逆魔最為強大，即便不是跟神有著相同實力的十二尊天逆魔，光是地逆魔或人逆魔的力量也極為強大。畢竟所謂的逆，指的正是「其力可逆天而行，其惡可逆道而生」。

而在這其中，以天逆魔最為驚人。打從盤古開天以來，就存於世上的十二尊天逆魔，每尊都幾乎有著與神相等的地位。

如今其中一尊，就這樣佇立在兩人面前，不要說阿吉了，就連呂偉道長也難以置信得瞪大了雙眼，瞪到眼珠子都快要掉出來了。

這時的阿吉看到了呂偉道長的表情，更加有了兩師徒可能會死在這裡的覺悟。

在這之前，兩人也曾經對付過天逆妖，即便在那個情況下，都不曾見到呂偉道長臉上顯露出這樣的神情。因此突然看到呂偉道長的表情，真的也讓阿吉傻住了。

天逆魔沒有給師徒倆太多冷靜下來的時間，剛從神像中被解放出來的他，立刻對呂偉道長發動攻勢。

雖然說呂偉道長從未如此震驚，但是終究還是經驗老到的道長，眼看天逆魔攻了過來，立刻壓抑住心中的震驚，與天逆魔交起手來。

天逆魔的動作，出乎阿吉意料之外的緩慢，比起先前兩師徒所見過的種種妖魔鬼怪來說，天逆魔甚至不能歸類在「快」的類別。

可是天逆魔不快，呂偉道長更慢，呂偉道長的動作，就好像阿吉過去看過的電影《賭神》登場時一樣，根本就是慢動作。

一開始，阿吉還十分不解，因為過去他根本沒看過呂偉道長有這樣的慢動作，所以阿吉下意識地以為，呂偉道長很可能正在使用某種自己沒見識過的高招。

對雖然已經學會了所有口訣，但還沒有能夠完全掌握其中奧妙的年輕阿吉來說，有時候師父真的就像動漫裡面的「哆啦A夢」一樣，總是能在需要的時候，拿出些阿吉沒見識過，甚至沒有想像過的辦法，來對付眼前的強敵。

因此看到師父宛如賭神般的慢動作，讓阿吉還以為師父又跟過去一樣，要拿出什麼會讓自己驚訝的辦法，來對付眼前這難以想像的強敵。

直到看到師父那求救般的眼神，阿吉才回過神，想起自己這時候應該要跳鍾馗，多少壓住對方的力量，幫助師父來對抗這個兩人前所未見過的強敵。

當阿吉正準備跳鍾馗助陣之際，他才徹底了解，師父的慢動作根本就不是什麼特別的伎倆，而是在天逆魔強大的力量下，速度徹底被減緩。

因為阿吉這邊，跳起鍾馗來也是宛如慢動作般緩慢無比。

這不單單只是單純的壓力，而是整個時空的變化，即便阿吉克服了手上沉重得宛如數斤之石的力道，將手上的操繩線向上一揚，手下的戲偶因此騰空彈起，那速度也宛如被放慢的畫面般緩慢。

人的速度緩慢，多少可能是因為被天逆魔的力量壓制，戲偶的動作都變得緩慢，這真的就不是一般常識所能理解的範圍了。簡單來說，就是整個時空都被他所影響，才會讓一切都變成慢動作一樣。

由於阿吉完全不知道對方的來歷，不像呂偉道長一開始就看出對方是十二尊天逆魔之一，所以此刻阿吉腦袋裡面只有萬般的驚訝。到底是什麼樣的妖魔鬼怪，可以連時空都被他影響？

雖然說在阿吉加入跳起鍾馗後，呂偉道長緩速的狀況有了些許改善，不過整體來說，呂偉道長與天逆魔之間的狀況改變並不大，呂偉道長這邊一直都只能勉強維持著不被天逆魔瞬間宰掉的情況而已。不要說攻擊了，就連防守都顯得狼狽。

更讓呂偉道長感覺到惶恐的是，從各種跡象看起來，這都是天逆魔還沒有足夠的時間恢復自己原本的力量，才會讓自己還有活命的空間。一旦對方的力量開始恢復，哪怕只回復一成，都可以讓自己毫無招架的餘地。

因此呂偉道長知道，如果不想辦法趁這個時候，改變眼前的局勢，那麼師徒倆很可能就會命喪於此。

當然，與此同時，呂偉道長也知道，自己只有一個辦法，才有可能改變眼前的狀況。只是，就連呂偉道長自己都不知道，這麼做是不是真的就可以對付得了對方，更重要的是，這個辦法一用下去，很可能讓情況更加惡化也說不定。

不過除了這個辦法之外，呂偉道長也想不到其他的辦法了。

因為兩人根本沒有預期會遇到這樣強大的對手，如果事先知道的話，或許還有些別的辦法可以試試看，但這麼倉促的情況下，即便是呂偉道長也無計可施了。

真的只剩下那個辦法了……

有了這個覺悟的呂偉道長，不自覺地看向了阿吉。

因為他知道，一旦使用了這個辦法，或許阿吉對自己的看法，也會徹底改觀。

不過這倒不是現在呂偉道長所關心的事情，他只能祈禱，兩人還能夠看到明天的太陽。

剛好就在這個時候，阿吉也望向呂偉道長，兩人四目相對，阿吉也注意到了呂偉道長此刻的神情。

呂偉道長凝視著阿吉，完全就是生離死別般的神情……

不，阿吉會先入為主的這樣想，當然是因為眼前的局勢，兩人遇到了這個傳說中根本不可能有人打得贏的對手，才會認定此刻就是生離死別的場面。

不過，仔細看自己師父呂偉道長的表情，感覺不太像是生離死別，而是一種……如果要用這時候年輕的阿吉，最簡單直白的語言來形容，就只有「便秘」兩個字可以形容。

當然，雙方在交手後，呂偉道長大概也猜到眼前這個天逆魔，到底是何方神聖。

如果沒猜錯的話，那麼眼前這尊天逆魔，就是十二尊天逆魔中，著名的雙子天逆魔。

這對雙胞胎在分離時，個別的實力在十二尊天逆魔中絕對敬陪末座，即便兩人單純相加的力量，也遠遠不及其他天逆魔。

但只要兩者聯手，那雙子同心相乘的威力，可能除了天逆魔之首，被稱為至尊逆魔的靈體外，其他的天逆魔都不是這兩兄弟的對手。

事實上，如果今天兩師徒不巧遇到的是這對雙子天逆魔，那麼不管兩人做什麼，恐怕連傷都傷不到對方，就會慘死對方手下。

不過如果只有其中一個的話，雖然勝率一樣渺茫，但使用了那個辦法之後，倒有點機會可以死裡逃生。

於是，呂偉道長不再遲疑，趁著一次躲過天逆魔的攻擊，立刻實行了那個「辦法」。

然後，一切有了重大的轉變。

3

這個所謂的「辦法」，在呂偉道長的一生之中，使用過兩次。

與阿吉一起面對天逆魔時，是第二次，也是他最後一次使用這個「辦法」。

對呂偉道長來說，或許這個所謂的「辦法」，比起生理上的耗損來說，心理上的壓力更為沉重。

在鍾馗祖師所遺留下來的口訣裡，其中有一段敘述了鬼魂的一種特殊的狀態，這種狀態不分靈體的類別，只要是靈體，幾乎都有可能用得出來。

這種特殊的狀況在口訣中稱為「自蝕」，把自己的生命力轉換成一種強大的力量，雖然大幅提升自己的力量，但同時也逐漸喪失自己的生命。

而呂偉道長的「辦法」，其實就跟鬼自蝕一樣，只不過是用在活人的身上，簡單來說，就是鬼自蝕的人類版。

第一次使用這個辦法，是在當年師父無偶道長，被人殺害的那個晚上，親眼見到自己的師父被人殺害的呂偉道長，在激動的情緒下，加上對手強大，呂偉道長第一次使用了這個辦法。

結果雖然讓呂偉道長為自己師父報了仇，但同時也讓呂偉道長了解到這個辦法的恐怖。

力量大幅提升的結果，讓自己徹底失控，雖然殺害了兇手，但同時也動手傷害了跟自己一樣躲在一旁目睹這場悲劇的少年。

先不提那少年的身分，以及他躲在那裡的原因，光是少年被自己傷害的程度，就讓呂偉道長感覺到害怕。

因此那次之後，呂偉道長就告訴自己，這輩子不會再使用這個辦法。

想不到在多年以後，就在自己實力與能力都跟當年完全不可同日而語的今天，在強大天逆魔的面前，呂偉道長再一次被迫使用這個辦法。

因為不使用這個辦法，自己根本不可能在這種毫無準備的情況下，抵抗這個一百零八種靈體中，最恐怖的天逆魔。

於是就好像多年後在J女中，使用出「真祖召喚」的阿吉一樣，呂偉道長也使出了這個堪稱呂偉道長人生中最強大的「辦法」。

至於這個辦法，呂偉道長的師父給它起了一個很長的名稱，就叫做「極限生命之道」。只是呂偉道長覺得這個名稱一來過長，二來實在有點難為情，所以一直沒有這麼稱呼過。

當然，不管是那個很長的名稱，還是呂偉道長自己心中稱之為的辦法，對呂偉道長來說，這是他們師徒倆唯一的希望。

於是呂偉道長不再猶豫，趁天逆魔還沒有恢復力量之際，唸出了咒文，接著雙手交叉朝自己的腋下一戳，睽違多年，這個辦法再度被使了出來。

如果讓阿吉來說的話，這恐怕是他人生最驚心動魄的一晚，即便在多年後的J女中決戰，也不曾帶給他有如今晚般的恐懼與震撼。

只是這份恐懼與震撼，不只來自那一百零八靈之首的天逆魔，還有更大的部分，來自自己的師父，最敬愛的呂偉道長身上。

使用了辦法後的呂偉道長突破了自己的體能極限，也同時破除了天逆魔所控制的時空，以極為迅速的動作，跟天逆魔大打出手。

這恐怕是第一次，阿吉看到呂偉道長真正的實力，那恐怖的威力讓阿吉瞠目結舌。

光是一拳就擊垮先前拆除大隊整隊人馬都沒有辦法推倒的外牆，這足以讓阿吉了解，此刻的呂偉道長有多麼的恐怖。

呂偉道長彷彿變了個人，不，嚴格說起來，是真的整個人都變了。

比起此刻的天逆魔來說，呂偉道長那詭異的動作與妖魔般的速度、力量，還要更加脫離常理。

不過天逆魔終究還是天逆魔，即便面對妖魔化後的呂偉道長，天逆魔還是可以跟呂偉道長戰到五五波。

眼看自己的師父即便用了不知道什麼樣的絕招後，力量大幅提升，卻仍然沒辦法打倒天逆魔，阿吉才想到，打從呂偉道長用了那招之後，自己就一直愣在這，看師父表演，完全沒有跳鍾馗助陣。

這時眼看師父沒辦法打倒天逆魔，阿吉也回過神來，準備用跳鍾馗來助陣，多少壓抑一下天逆魔的力量。

於是阿吉屏氣凝神，再次揚起手、踏出腳步，跳起鍾馗來。

阿吉跳鍾馗的地方，就是整座三合院的入口，範圍自然涵蓋了整座三合院。

只是阿吉沒有想到的地方是，在這種情況下跳鍾馗，不只有對天逆魔有效，就連自己的師父呂偉道長，也受到了影響。

兩人都在阿吉的跳鍾馗效力下，多少受到了些限制。

這完全出乎了阿吉的意料外，畢竟他跳鍾馗的原因，本來就是為了幫忙自己的師父，想不到現在連呂偉道長也受到了影響，還真讓阿吉不知道，到底該不該繼續跳下去。

雖然內心出現了些許猶豫，不過阿吉的手腳沒有半點停歇，畢竟以過去的經驗來說，大部分的情況都是跳就對了。而且這時候的阿吉，除了跳鍾馗外，還真想不到其他的辦法，可以改變眼前的狀況。

在呂偉道長主持的驅魔儀式下，阿吉的跳鍾馗就好像伴奏的樂團一樣，永遠都不是主角，而是不可或缺的配角。

只是阿吉不知道的是，如此一來，對進入這種狀況的呂偉道長來說，阿吉也成為了一種威脅，甚至可以說是一個敵人，而且這個敵人對自己的影響，恐怕比眼前的天逆魔還要來得強大。就好像在演唱會中，對觀眾來說，有時候樂團所發出來的聲響，比起主唱還要來得震撼許多。

因此，從阿吉跳鍾馗的那一刻開始，呂偉道長的敵人，也正式從一個變成了兩個，這也正是呂偉道長最擔心，也是使用這個「辦法」最危險的地方了。這時候的呂偉道長，根本沒有辦法控制自己，一旦被認定為敵人，就很有可能被自己攻擊。

對於這點，阿吉渾然不覺，仍然賣力地跳著鍾馗，試圖想壓制住兩人的行動力。

院子中，呂偉道長飄忽不定的身形，不斷對天逆魔展開攻勢，天逆魔這邊雖然動作不如呂偉道長快，但憑藉著強大的靈力，還能夠承受得住呂偉道長的攻擊。

不過情況卻在阿吉跳鍾馗後，有了重大的轉變，在沒有阿吉介入前，天逆魔雖然強大，但卻傷害不了呂偉道長，在這種情況下，雙方之間真正的勝負，就是看呂偉道長進入這種狀況後，燃燒的生命力先耗盡，還是天逆魔那強大的靈力防護力先被攻破。

但在阿吉介入後，雙方的力量都受到了限制，雖然天逆魔也有受到影響，不過相比之下，反而呂偉道長受到影響更為關鍵，這也改變了原本場上的局面。

原本在阿吉跳鍾馗前，雙方雖然沒有辦法分出所謂的勝負，不過整體來說局面對呂偉道長還算有利。剛甦醒的天逆魔，在力量尚未完全恢復的狀況下，真的沒有辦法對付使出這招的呂偉道長。

到頭來，雖然一時間呂偉道長沒有足夠的力量可以破除他的防禦，不過只要時間夠長，總有機會可以打破那強大靈力所形成的護盾。

可是在阿吉跳鍾馗的情況下，天逆魔的力量受到了壓制，然而天生的靈力並沒有減弱，相同的呂偉道長那邊，力量也被削弱，但卻沒有其他力量補上，間接導致天逆魔更加難以攻破。

對於雙方間這種細微，卻具有決定勝敗的改變，阿吉根本不可能感受得到，只有交手中的兩人才能夠體會，因此站在門口的阿吉，仍然賣力地跳著鍾馗。

雖然此刻的呂偉道長，從某個角度來說，算是徹底失控，沒有所謂的自我意識，剩下的只有戰鬥的本能，不過對於戰況的改變，倒是很清楚地知道，是門口那小子搞的鬼。

因此，呂偉道長在一連串宛如猛獸般奮力襲擊天逆魔，稍微將其擊退後，突然一個轉身，朝阿吉這邊衝過來。

阿吉根本沒料到呂偉道長會突然衝向自己，等到眼角餘光看見時，呂偉道長已經衝到了面前，壓根連躲都來不及躲。

呂偉道長伸長手臂掐向阿吉的脖子，愣在原地的阿吉根本動也沒有動，眼睜睜就看著師父掐向自己。如果這一下真的被呂偉道長掐住，以現在呂偉道長的力量，絕對可以一掐就把阿吉掐死。

不過呂偉道長的手，卻停在阿吉的脖子前，沒有掐到。

驚魂未定的阿吉定睛一看，才發現在呂偉道長的身後，天逆魔就在那裡抓住了他。

說來實在是十分諷刺，救了阿吉一命的人，竟然會是天逆魔。

不過天逆魔會出手阻止呂偉道長，本來就完全不是為了拯救阿吉。

在呂偉道長使用了那個辦法後，就一直只有挨打的份，早就讓天逆魔十分不悅。

如今好不容易呂偉道長因為將目標轉移，轉身去攻擊他人而露出了破綻，天逆魔當然不會放過這樣的機會。

趁呂偉道長轉身對阿吉發動攻擊之際，天逆魔逮到了機會，一把從後面抓住呂偉道長，跟著向後面一甩，呂偉道長整個人就這樣在空中劃了一個大弧線後，重重地被甩到了地上。

死裡逃生的阿吉愣在原地，直到呂偉道長被甩到地上發出巨響，才讓阿吉回過神，搞清楚剛剛到底發生什麼事情的同時，雖然心情還沒有平復，不過也看到此刻的呂偉道長，正處於十分危急的狀況。

好不容易扭轉了戰局的天逆魔，沒有給呂偉道長太多機會，一腳踩住呂偉道長，準備給他致命的一擊。

看到此景的阿吉，根本也顧不得剛剛呂偉道長才襲擊過自己，伸手到一旁袋子裡，掏出一把符文短劍，二話不說立刻拋向被壓制在地的呂偉道長。

即便已經幾乎陷入瘋狂的呂偉道長，在這種情況下，還是會使用任何抓到手的工具來幫助自己，因此一見到阿吉把符文劍拋過來，他立刻抓起劍，用力一揮，把天逆魔壓在自己身上的腳削去一大塊。

這把符文劍，本來就是專門用來對付強大靈體的，雖然威力可能不如鍾馗寶劍那麼強大，不過只要靈體被這寶劍劈中，絕對會受到重創。

更重要的是，也因為威力強大，每刺中靈體一次，寶劍上的符文都會消失一部分，一共可以使用三次。

不管任何靈體，只要被寶劍刺中三次，絕對沒辦法活下來。

由於符文必須一開始就印在劍上才能起作用，因此寶劍是特別鑄造的，對師徒倆來說，這把符文劍可說是在他們帶來的東西裡，最後的壓箱寶。

這把符文劍當年還是呂偉道長周遊台灣時，特別包下一間已經準備收起來的鑄造廠打造出來的。由於製作方面極為複雜，所以根本不可能量產，師徒倆也就只有這麼一把，珍貴程度可見一斑。

過去幾度有過登場亮相的機會，不過最後都沒有使用，如今想不到會在這樣的情況下，用在天逆魔身上，也算不枉費它的稀有珍貴。

果然天逆魔在符文劍的攻擊下，受到了重創，他向後一跳，不敢再壓住呂偉道長。

倒在地上的呂偉道長當然不會放過這個機會，天逆魔壓制住自己的腳一離開，呂偉道長立刻跳起身，天逆魔才剛退下，呂偉道長就已經衝到了天逆魔的身邊，速度之快，真的令人咋舌。

這時候的呂偉道長，手上仍握著那把符文劍，只見他一個轉身，順手一揮，整把符文劍，就插入了天逆魔的頸子。

再度受到重創，讓天逆魔也抓狂了，怒號一聲之後，一拳揮中了呂偉道長，將呂偉道長整個人擊飛。

呂偉道長撞上了三合院的外牆，其中一面牆剛剛在攻擊天逆魔時已經被強大的呂偉道長打出一個洞，如今同一面牆剩下的部分又被他這樣一撞，整面牆頓時倒塌，呂偉道長也跌在碎裂的磚牆上。

「師父！」

眼看自己的師父受到如此重創，阿吉立刻跑過去，結果跑沒幾步，就想起不久前，師父才試圖襲擊自己，馬上停下腳步。

不過為時已晚，原本應該受到重創的呂偉道長，因為那個「辦法」的緣故，身體狀況根本已經超越一般人所能想像的範圍，只見他身子輕輕一挺，整個人就從磚頭堆中跳了起來，並且再度撲向阿吉。

阿吉還來不及反應，只見眼前黑影一閃，原本應該是呂偉道長那面目猙獰的模樣，卻在下一秒閃變成天逆魔的臉。

雖然深受重創，但天逆魔仍然十分驍勇善戰，這次他再度把握住呂偉道長轉向阿吉的機會，一拳重重地打在了呂偉道長的背上。

這一拳用足了力道，因此呂偉道長整個人被打飛，甚至飛到沒入黑夜的一片黑暗中。

而在這場幾乎已經陷入瘋狂的對決中，唯一一個可能還保有理性的阿吉，愣愣地看著近在咫尺的天逆魔。

阿吉根本沒有多想，看到那把插在天逆魔脖子上的符文劍，就伸手將符文劍拔出來，跟著又順手一插，幾乎就插在原來的傷口上。

或許打從一開始，天逆魔就沒把年輕的阿吉放在眼裡，壓根沒有把他當成對手，因此阿吉這一拔一插，根本沒有受到半點阻礙。

不過如此一來，三劍也算插滿，整把符文劍的符文，全都發揮了出來。

還來不及甦醒到恢復自己的實力，就被人用符文劍刺死，這恐怕對天逆魔來說，才是最難以置信的事情。

天逆魔的口中，發出了憤怒的哀號，同時也為這場突如其來、亂成一團的對決，畫下最後的句點。

天逆魔就這樣被師徒倆聯手消滅了，而呂偉道長由於天逆魔的最後一擊，脫離了那個狀況。

不過，呂偉道長那恐怖的模樣，一直深深烙印在阿吉心中，永遠無法忘懷。

4

「筋分骨錯力無窮，魂狂魄亂法無邊。」

在那天晚上，兩人回家的路上，呂偉道長悠悠地說出了這段話。

經過解釋，阿吉了解到，這就是所謂的「人自蝕」。

透過參悟的口訣，得到了與鬼自蝕一樣的力量，這就是人自蝕的由來。

然而跟鬼自蝕一樣，使用者一樣是利用自己的生命力，轉化成短暫的力量，所以使用者必會折壽，只是不像鬼魂這麼明顯。另外也因為使用到了所謂的元神之力，所以使用時，會跟那些被鬼魂傷害到魂魄的人一樣，陷入瘋狂，完全無法控制。

而且更危險的地方是，因為力無窮、法無邊，加上無法自制，會做出什麼樣的事情，還有會用到多少力氣，都無法控制，所以就算用完之後，直接筋斷骨折、一命嗚呼，也不算是什麼意外的事情。

這就是今晚，呂偉道長所使用的「辦法」。

然而這招其實是當年無偶道長教呂偉道長的招式。

「我的師父，也就是你所知道的無偶道長，」呂偉道長皺著眉頭說：「給了這個招式一個名稱，叫做『極限生命之道』。」

這是在呂偉道長與阿吉談話裡，極為少數提及無偶道長的一次，因此這也讓阿吉印象十分深刻。

然而，印象深刻的絕對不只有阿吉，就連呂偉道長，也清楚記得那天，無偶道長說話時的神情。

※　　※　　※

那時候的無偶道長一臉得意地將這個「辦法」傳授給呂偉道長

「如果順利使用出來的話……」無偶道長瞇著眼說：「應該會彷彿進入一條通道之中，我稱之為生命極限之道。如何，很不錯吧？」

無偶道長洋洋得意，對於自己取的這個名字十分有信心。

只是這些年，呂偉實在沒有辦法理解與體會，只能無奈地乾笑。

「是不是真的很棒，」無偶道長搖搖頭笑著說：「我有時候真的很佩服我自己，怎麼可以想到這麼讚的名字。」

「啊？」年輕的呂偉搖搖頭，收拾起了笑容。

看到呂偉完全沒有佩服的模樣，無偶道長也不以為意。

「別那個表情，」無偶道長興高采烈地說：「你還沒聽到真正的精華啊！這個長的名字不方便使用，對不對？所以我有幫它準備個簡稱，就叫做……『極、道』！哈！這你就不得不佩服了吧？哈哈哈哈——」

面對這種堪稱扭曲的幽默感，實在讓身為弟子的呂偉道長完全笑不出來。

不過不管名稱有多麼可笑，不管無偶道長是在得意個什麼勁，都無法掩蓋這個招式的強大與恐怖。

只是在那當下，呂偉道長當然也不可能知道這個招式有多麼恐怖，一直到他自己真正使用了之後，才真正明白這個招式的恐怖。

呂偉道長第一次使用這個招式的時候，就在心中留下難以抹滅的恐怖烙印。

當時的呂偉，因為親眼目睹自己的師父被人殺害，立刻衝上前想要跟仇人一決生死。

然而當時的呂偉，功力根本還不夠火候，面對這宛如殺父仇人般的大敵，他卻沒有打贏的能力。

也就是在這個時候，他想到了這個招式，即便無偶道長也告誡過，不該隨便使用，否則會有性命危險。但怒火攻心的呂偉，還是不顧一切地用了這個招式。

唸完咒，點下自己的穴道，呂偉同時也感覺到大腦深處似乎有什麼東西被引爆開。不只如此，呂偉感覺到自己的呼吸戛然而止，全身只感覺到劇烈的疼痛，接著意識就好像整個被人壓縮起來。

這時候的呂偉才明白師父為招式起這個名字的原因，因為在意識被壓縮的同時，就好像進入了一條通道中。

意識在那條道路上，只能向前狂奔，而身體只剩下一個能力，血腥的戰鬥，直到摧毀一切為止。

跟鬼自蝕一樣，功力越強所能提升的幅度也越大，同時進入那條所謂的生命極限之道也就越深。

在意識不受控制的情況下，整個人就好像野獸一樣，只為了消滅眼前的敵人。等到呂偉回過神，重新掌控自己肉身時，他才意識到剛剛自己有多麼恐怖、殘忍，這讓呂偉也感覺到痛苦與恐懼。

即便進入了生命極限之道，自己幾乎可以說是壓倒性的消滅了對方，還多傷害了一個躲在一旁屋子裡的少年，就戰鬥本身來說，呂偉自身可以說是毫髮無傷。

但恢復意識後的呂偉，全身有多處拉傷，右手脫臼，左腳還有點骨裂。

這些傷害，都不是他人所造成的，而是極限提升了自身的力量之後，在這種狀態下活動，所累積下來的傷害。

人自蝕的力量有多恐怖，從這裡就看得出來。

不過讓呂偉害怕的，卻是那種身陷泥沼中，無法脫困的感覺。就好像被鬼壓床一樣，完全動彈不得。

除此之外，在清醒之後，得要面對那殘忍的結果，更是讓呂偉感覺到無比的痛苦。

因此，那天之後，呂偉便下定決心，不再使用這個招式，直到多年後帶著阿吉，在最不應該的時間與地點，遇上了天逆魔為止。

※　※　※

當然關於這些過往，呂偉道長並沒有多提，只把當初無偶道長命名的事情，告訴了阿吉。

阿吉一聽到無偶道長為這個招式，取名為「極限生命之道」時，也跟當年的呂偉一樣，瞪大了雙眼，一臉驚奇。

呂偉道長點著頭，很慶幸有人跟自己有一樣的感受。

「不只如此，」呂偉道長苦笑著說：「我師父還補充說，因為名字太長，他取了一個簡稱，叫做極道。」

阿吉一聽，更是張大了嘴，瞪大了雙眼，難以置信的神情，全部寫在臉上。

「這……」阿吉喃喃地說。

呂偉道長點了點頭，因為當年的他，內心也是如此的難以置信，甚至很想對師父大吼：「師父！取這個名字不會太……難為情了嗎？」

誰知道下一秒鐘，阿吉的臉沉下來，抿著嘴一臉敬佩地搖搖頭。

「想不到，」阿吉一臉敬佩地說：「師祖真的是天才啊，能夠取這個名字，而且還給了它這麼好的簡稱，天才，真的是天才。」

聽到阿吉由衷的佩服，真讓呂偉道長無言了。

不過回想起來，之所以會收阿吉這個徒弟，本來就是因為呂偉道長總會在阿吉身上，看到些許無偶道長的影子。所以阿吉會有這樣的反應，呂偉道長或許真的也只能苦笑了。

然而師徒倆閒聊歸閒聊，提到這個辦法，還是讓呂偉道長內心感覺到無比的沉重。尤其是今晚，阿吉有兩度很可能死在自己的手下，更是讓呂偉道長回想起來，都感覺到餘悸猶存。

所以呂偉道長沉下臉，收拾起無奈的笑容。

「如果可以的話……」呂偉道長語重心長地說：「我希望自己永遠都不會再使用這個辦法。」

這確實是呂偉道長的心聲，事實上，多年後即便再次面對當年那個天逆魔的雙胞胎兄弟，呂偉道長寧可死在對方手裡，也真的不曾再使用過這個辦法了。

因為，就這一次的經驗來說，呂偉道長深深感受到，如果再用一次，自己很有可能沒有辦法脫離那條被無偶道長稱為「極限生命之道」的道路。

至少這點，就連呂偉道長都不得不承認，自己的師父雖然有著難以理解的幽默，不過至少這個名字，確實有點適合。

一旦進入那條通道，就好像真的進入了日本黑社會的「極道」一樣，很難脫得了身。

雖然呂偉道長沒有明說，不過阿吉也知道，這個所謂的極限生命之道，絕對不是口訣中所描述的東西。因為提升自己能力的情況下，同時也失去理智，看起來確實不像是鍾馗派本家所會用的手段。

恐怕想要透過口訣參悟出這樣的辦法，只有魔悟才有可能做得到。除此之外，呂偉道長還有許許多多類似這樣的情況，常常都有許多口訣裡沒有記載的辦法，因此阿吉才會認為，普天之下只有呂偉道長可以不需要透過魔悟，就能從口訣中萃取出精華。

當然，這一晚的經驗，也讓阿吉後來試圖想要研究出一個，在呂偉道長使用這個辦法時，可以打倒他、壓制他的招式，一切確實都是出自對呂偉道長的敬愛。

不過就連阿吉也沒有想到，在多年之後，他竟然在除了呂偉道長以外的人身上，看到了這個招式。

雖然對方使用起來，比呂偉道長來說，要弱很多，甚至連阿吉都覺得，他可能根本沒有進入那條所謂的「極限生命之道」中。

不過對方竟然會如此輕易就使用出這個被呂偉道長視為禁忌的招式，就某種程度上來說，可能比這招式本身還要來得恐怖吧。

第2章．禁忌之路

1

么洞八廟的正殿裡，曉潔站在鍾馗祖師的神像前，凝視著神像。

在民間信仰中，鍾馗祖師的形象大抵上來說，都差不多，虎背熊腰、豹頭虎面，臉上有著大把的虬髯，與此刻祭壇上的鍾馗祖師，相去不遠。

這些原本就已經定型的外貌，此刻在曉潔眼中，比起過去看來更加威嚴，更多了幾分感受。最主要的原因，恐怕還是跟幾年前的J女中決戰有關吧。

只要望著這尊神像，就會讓曉潔想起當天的情況，如果真要說的話，曉潔目前恐怕是普天之下，唯一跟鍾馗祖師元神下凡後，見過面、對過話的活人。

因此現在看到了代表著祖師的神像，腦海裡自然也浮現當天的恐怖景象。

當年，幾乎所有在場的人，最後都因頭顱爆裂而亡，只剩下曉潔一個人，以及宛如煉獄般的景象。

所以鍾馗祖師對曉潔來說，或許跟普天之下的所有人，都略有點不一樣的地方。

在曉潔的感覺之中，當然跟其他鍾馗派的道士一樣，因為傳承了祖師爺的口訣，而對祖師爺有份崇敬的感覺外，還曾經親口聽祂說話，被祖師爺的元神救過一命，所以多了一份親近感。最後也同時因為看到了祖師爺那恐怖的力量，而比起其他人，更多了一份恐懼感。

回想起當年的J女中決戰，那些鍾馗派的道士，之所以失去了他們的頭顱與性命，就是因為他們做了天理不容的事，為了得到完整的口訣，迫害了許多人，甚至對鍾馗祖師元神上身的阿吉出手，這等於是大逆不道的行為，因此付出了代價。

就連召喚出真祖元神下凡的阿吉，也付出了他應該付出的代價。

那麼自己呢？曉潔這麼問自己。

接下來自己要做的事情，在很多人的眼中，恐怕是萬惡不赦，邪魔歪道才會做的事情，自己又該付出什麼樣的代價呢？自己又有承擔後果的覺悟了嗎？

就是為了釐清這些疑惑，所以曉潔才會來到這裡，仰望著祖師爺的神像。

前天晚上，也就是在曉潔現在所在的外面廣場，一對姊弟襲擊了這座廟宇，目標恐怕就是為了取自己的性命。

而擋在那個殺紅了眼的弟弟前面的人，就是鍾馗祖師的後代——鍾家續。

為了保護這座廟宇與曉潔，鍾家續即便實力不如那個少年，還是不顧一切地捨身完成了這個任務。

後來好在警方趕到，才讓那對姊弟知難而退，保住了鍾家續一命。

在確定鍾家續的性命無虞，以及警方結束偵訊後，曉潔與亞嵐才各自回家休息。

而在這期間，曉潔做出了一個決定，她希望可以幫助鍾家續變強，也希望自己可以變強，不要再讓那些不知道打哪裡冒出來的惡人，以及早該雲淡風輕的恩恩怨怨，繼續為所欲為下去。

這對曉潔來說，才是真正應該走的路，也才是真正所謂的「義」。

這座廟宇的創辦人，曾經留下了一種精神給他的弟子，那個精神，正是整天掛在阿吉嘴邊的「義無反顧」。

如今，這句話也像是一盞明燈一樣，指引著自己的方向。只是曉潔不知道的是，這盞明燈會帶著自己到什麼地方。

即便自己深信這是條正確的路，但內心卻還是顯得迷惘，這也正是曉潔會在這邊仰望祖師神像的原因。

對鍾家續來說，眼前這尊威風凜凜的神像，就是他的祖先，雖然說現在就連鍾家續都懷疑自己的身分，但至少，這是從小到大他不斷被告知、提醒的事情。

如今鍾馗與鬼王兩派，就只剩下鍾家續這麼一個血脈了，保護這僅存的血脈，不算是本家弟子的使命之一嗎？

畢竟即便脫離了鍾馗派，但鬼王派所信奉的，仍然是鍾馗祖師，只是在人世間的另外一個面貌罷了，所以就本質來說，兩派本來就是密不可分的，不是嗎？

仰望著鍾馗祖師的神像，讓曉潔的心情起伏了好一陣子，等到心情逐漸平復之際，曉潔也終於了解，自己到底該怎麼做了。

對曉潔來說，做出這個決定，讓她最擔心的事情就是，一旦鍾家續得到了力量，會濫用這個力量。

如果事情真的變成這樣，那麼曉潔也會像當年阿吉擋在阿畢面前那樣，擋在鍾家續的面前，阻止他犯下更嚴重的錯誤，即便代價是被祖師爺捏爆頭顱，曉潔也願意承擔。

這正是為什麼曉潔終於下定決心的原因。

只要有這個覺悟，就表示自己已經準備好了。

不管最後結果如何，自己至少做出了屬於自己的決定。

亞嵐默默地站在正殿門口，看著曉潔的背影。

兩人已經約好時間，準備等等去醫院探望剛脫離險境的鍾家續。

剛走進來，便看到了正殿的大門敞開，曉潔人就在裡面，因此亞嵐才會在門口等著。

而也正是在這個時候，曉潔下定決心，做出了最後的決定。

關於這個決定，曉潔沒有跟任何人商量過，因為曉潔非常清楚，這是她必須要自我承擔的責任。

一旦跟亞嵐商量過，似乎便變相地將責任分給了亞嵐，對曉潔來說，這是件不負責任的事情。

不過即便曉潔沒有開口，亞嵐大概也知道，到底是怎麼回事。

雖然記憶力不好，但亞嵐的理解能力確實很出色，或許這也是亞嵐記憶力不好的原因，如果沒有辦法融會貫通，變成自己的一部分，腦子就沒有辦法吸收。

但是一旦真正了解了，那麼亞嵐大概也比較不容易忘記，甚至把它變成了自己的一部分。

所以雖然曉潔沒有多說什麼，但是就亞嵐現在所了解的部分，大概也猜到了，曉潔之所以如此掙扎，並且完全不跟自己商量的原因。

鍾家續希望變強，而在這段時間裡面，聽了那麼多過去鍾馗派與鬼王派之間的演變，其實亞嵐也早就想到了，只是不管是亞嵐還是曉潔，都很有默契地，避開了這個部分。

如今，看樣子一切都成熟了，曉潔似乎也做出了決定。

曉潔轉過身，看到了亞嵐後，向她點了點頭。

是時候了，該讓那些囂張的大人，看看我們的決心了。

兩人非常清楚，這將是一條不歸路——魔悟之路。

2

雖說不知道打哪冒出來的鬼王派少年，感覺是殺紅了眼，看起來毫無半點手下留情的意思，重創了鍾家續。

不過整體來說，並沒有真正攻擊到所謂的要害，儘管大失血，但及時送醫，因此保住了鍾家續的性命。

然而可能就是因為失血過多的關係，在曉潔等人離開時，鍾家續仍然昏迷不醒。

兩人準備了一些探病用的東西，來到醫院，準備探視鍾家續。

誰知道兩人來到了病房外，發現警方已經派人守在外面，就連兩人表明身分想探視鍾家續，也遭到阻攔，禁止她們入內。

「為什麼？」曉潔不解地問：「他是被害人，又不是兇嫌。」

「不好意思，」警員搖搖頭說：「我們也是接到上面的指示，需要保護他的安危，禁止任何人進入病房中。」

對於這個基於安全考量這個說詞，曉潔跟亞嵐都沒有辦法接受。

先不要說其他，光是當天那對姊弟，就是大剌剌地從警方面前，從容不迫地走出去。

當然，這很有可能是姊弟倆不知道動了什麼手腳，這點曉潔也知道，不過光是這樣就想要保護鍾家續，也實在讓兩人根本沒有辦法接受與放心。

因此亞嵐與曉潔兩人跟警方僵持不下，最後或許也因為知道，禁止兩人進去探視這件事情，警方多少也真的有點站不住腳，因此最後警員表示，希望可以打電話跟上面反映、詢問一下，讓兩人稍微迴避。

兩人走開後，其中一名警員，到了走廊的末端，用手機打了通電話。

雖然雙方有點距離，不過此刻走廊上十分安靜，所以兩人多少還是聽得到些模糊的話語。兩人聽到那名警員一會說「她們兩個很堅持」，一會又說「這不合規矩」，似乎也非常為難的樣子。

從警員說的內容與神情看起來，大概可以猜想得到目前的狀況。

這些負責「保護」鍾家續的警員，恐怕也沒辦法知道太多的訊息，只知道自己被賦予的「任務」。

確實就目前的狀況來說，不要說檢警那方面了，就連身在其中的曉潔與亞嵐，對整起事件的來龍去脈與始末，都沒有辦法知道得一清二楚。

不說這幾年陸續發生的命案，光是從暑假開始之後，先是阿吉突然出現，到不知道打哪裡來的鬼王派姊弟等等，有許多根本就連曉潔跟鍾家續這些捲入其中的人，都沒有辦法解答的問題，兩人很懷疑現在警方那邊，到底掌握了多少可靠的訊息。

因此，可想而知的是，他們現在會這樣控制住鍾家續，恐怕也是因為有太多事情需要鍾家續釐清。至於「保護」這個說詞，也只是個冠冕堂皇的說法而已。事實上，他們應該是希望可以從鍾家續這邊，得到更多的情報與線索吧？

想到這裡，不免讓曉潔打量了一下這邊的狀況。

不管警方這邊的目的是什麼，就算真有意思想要保護鍾家續，目前就病房所在的位置，以及派遣的這兩名警員看起來，別說有沒有心了，光是有沒有這個能力曉潔都十分懷疑。

這也正是曉潔需要堅持的原因了，同時這也同樣是曉潔做出那個決定的原因。

既然都沒有任何可靠、可以相信的人，那麼就只能靠他們自己，同樣是這一代的自己與鍾家續。

眼前的狀況，讓曉潔更堅定了自己的想法與意志。

與此同時，走廊盡頭的警員似乎有了結論，結束通話後，朝這邊走了回來。

從警員的表情兩人大概可以猜到，這個結論恐怕不會是兩人所滿意的結果。

「檢察官說，」警員無奈地說：「如果妳們兩個想要進去探視，可以。不過妳們兩個也需要接受我們警方的約束與保護，不能想來就來、說走就走。」

聽到警員這麼說，就連一旁的亞嵐都有點聽不下去了。

「你們是不是搞錯了什麼啊？」亞嵐一臉不悅地說：「我們是被攻擊的人，不是加害者耶。」

「這跟我們無關，」警員面無表情地說：「我們就是收到了指示，妳們要嘛就進去，乖乖待在裡面，如果要外出，也需要經過我們的允許，就這麼簡單。如果沒有辦法接受的話……」

警員用手比了比電梯的方向，示意兩人不接受就請回。

或許多少也感覺到這樣實在很蠻橫，一旁另一名警員補了一句：「一切都是為了妳們的安全考量。」

雖然說這個答案兩人不太能夠接受，不過就好像第一線的服務人員一樣，曉潔跟亞嵐也明白，為難這些奉命行事的員警，似乎也沒什麼意義。

既然對方已經說明了條件，自己這邊也只能做出選擇，要嘛就是接受這樣的條件，要嘛就是轉身離開，等待他們的通知。

兩人退後一步之後，輕聲商量了一下，只是這種情況下，兩人真的沒有太多可以討價還價的空間。還好現在是暑假期間，她們沒有課業上的問題，因此就算真的留在醫院幾天，應該也沒什麼大礙。

於是兩人商量了一下之後，決定接受警方的條件。

折騰了好一陣子，她們終於通過警員的那一關，進到鍾家續所在的病房。

雖然說生命已經沒有大礙，不過從那天後，鍾家續就一直昏睡，沒有清醒過。

不過光是失血過多，到底會昏迷多久，這點不管是曉潔還是亞嵐，都不太清楚。

唯一比較讓曉潔擔心的，還是考量到鍾家續受傷的原因，恐怕不單純是失血那麼簡單，如果有失血過多以外的問題，情況可能就沒有那麼單純了。

普天之下真正能夠處理這種傷勢的人，就曉潔所知，也只有已經往生的陳伯一個人而已。只是兩人現在也真的沒有其他辦法，只能坐在旁邊的椅子上，靜靜等待鍾家續醒過來。

至少這裡是醫院，除了那些怪力亂神的傷勢外，這裡都能解決。

鍾家續住的病房，有附屬的衛浴間，所以如果真的得在這裡待上幾天的話，應該也不會有什麼問題。

現在，就看鍾家續能不能夠快點醒過來了。

3

想不到，自己竟然會連一個中二小屁孩都打不過。

在鍾家續倒地前，腦海裡只剩下這個想法。

接下來的事情，鍾家續就不是很清楚了，陷入半夢半醒之間的他，隱約感覺自己被送上救護車到了醫院，再之後的事，他就完全沒有印象了。

世界彷彿陷入了黑暗中，也不知道過了多久，終於又有了一些景象浮現在自己的腦海。

那是小時候的自己，在公園的樹林間，練習著逆魁星七式的景象。

這個時候就連鍾家續自己也不知道，這到底是夢境，還是自己不自覺的回憶。

總之，在這個畫面中的自己，確實跟過去一樣，趁著同學還沒能從家裡溜出來時，偷偷背著父親，在公園裡練習著逆魁星七式。

那些與本家之間的恩怨，對當時年幼的自己來說，是件十分遙遠的事。

面對這遙遠的過去，根本就不足以讓年紀還小，完全不知道嚴重性的他感覺到恐懼。

就是因為這樣，才會大剌剌地在公園裡，練習著被視為絕對不能隨便在外面顯露出來的功夫。

比起家裡有限的空間來說，公園真的太舒服了，不需要擔心打到東西，只要不在意他人的眼光，就沒有什麼問題了。

是的，他人的眼光……

鍾家續調整了自己的視線，往那張熟悉的座椅看過去，那名中年男子就坐在那裡，低頭看著自己的書，只有三不五時可能感覺眼睛疲勞時，才會抬起頭來看一下鍾家續練功。

一開始看到中年男子的時候，鍾家續多少有點討厭的感覺，認為他破壞了自己完美的練功場地。有個外人在，多少還是讓人覺得彆扭。

不過時間久了，鍾家續習慣後，總覺得中年男子的存在，就好像是自己孤單練習的觀眾一樣。

當時沒有多想的鍾家續，心中多少還是存有「既然這傢伙已經成了這場練武唯一的觀眾，總是要讓觀眾看個過癮吧？」的想法。

因此每當鍾家續偶爾出現一招，原本練不順的招式，終於在經過一段時間的練習，順利施展開來時，鍾家續臉上總會浮現欣喜的表情，然後不自覺地轉過頭望向中年男子。

這時候的中年男子，總是跟自己四目相對，然後嘴上也浮現一抹淡淡的笑容，就好像讚許著他的突破一樣。

那時候的中年男子，或許對鍾家續來說，就好像電影《浩劫重生》裡，那顆被湯姆．漢克當成活人的排球威爾森一樣，成為一種心靈的寄託。

因此，即便多年之後，鍾家續對那名中年男子仍舊印象深刻。

只是鍾家續作夢也想不到，這個人竟然就是長年被自己當成大魔王的恐怖敵人呂偉道長，這對鍾家續來說是件多麼難以接受的事實，也是可想而知了。

然而，在鍾家續還沒能夠完全消化這個衝擊之際，接二連三的噩耗，更是讓他感覺自己長年以來建構出來的人生，開始徹底崩壞。

從失去了打從出生以來就一直相依為命的父親，到今天連自己到底是不是真的是鍾家的子孫都值得懷疑的地步，簡直就像是人生被人一腳踹到谷底。

不過真正壓垮駱駝的最後一根稻草，恐怕還是要來自那個不知道從哪裡冒出來硬要跟自己鬥鬼的少女，以及襲擊么洞八廟的少年。

光是先前知道呂偉道長原來打從自己小的時候，有機會除掉自己時，就已經讓鍾家續覺得很不堪了，現在又遇到了這些不知道打哪裡冒出來的鬼王派，更讓鍾家續徹底體會到自己的人生有多麼的悽慘。

說到底，鍾家續真心覺得自己的性命，都是被人施捨才有機會延續至今。

從小就被父親鍾齊德告誡，一切都需要低調行事，所學也絕對不能出門，目的不就是為了避開這些惡意的目光。誰知道原來打從一開始，那目光就一直在自己的身上。

除此之外，那些不知道打哪裡冒出來的鬼王派也是這樣。

自己從小就被父親鍾齊德告知，除了自己之外，已經沒有鬼王派的人了，但現在很顯然，這也是個笑話與謊言。

想到這裡，讓鍾家續只有想逃開這一切的念頭，因此他開始逃回什麼都沒有的黑暗中，任憑自己的意識在一片黑暗的世界中狂奔。

即便看不到任何東西，那感覺壓在自己身上的力量，卻越來越沉重，為了抵抗這個力量，鍾家續試圖用力，想要撐開這些壓力。

結果，雙眼一睜，整個人也跟著一愣，就這樣醒了過來。

眼前是一面純白色的牆壁，呼吸一口彷彿很久沒呼吸過的空氣，卻是充滿了藥水的味道。

鍾家續眨了眨眼，大概知道了自己在醫院，同時也再度確定，自己存活下來的事實。

與此同時，剛剛腦海裡感受到的情緒，又再度浮現心頭。

鍾家續心中沒有半點死裡逃生的喜悅，反而只有無比的空虛。

跟剛剛甦醒前，腦海裡所想到的一樣。

鍾家續知道，自己之所以可以活下來，是因為被人允許。

這實在是很難受的一件事情，知道自己的生命，必須要他人允許，才能夠活下去。

是的，那一雙眼在公園靜靜地看著自己，練習著殘破的招式。

瞬間，鍾家續懂了，會不會就是因為自己太爛了，呂偉道長才放過自己一命？

這小子，根本不值得我動手，給他十年也沒關係，不，二十年、五十年，甚至是百年都一樣……

因為這殘破的招式，根本不可能是呂偉道長的對手。

這才是呂偉道長放過自己的原因吧？

即便這麼猜想，不可思議的是，鍾家續卻沒有半點怨恨呂偉道長的意思，因為就連自己也知道，這多半不是侮辱，而是事實吧？

就好像自己連活著都是一種他人的憐憫一樣，這種人生，真是可笑至極。

如果真的是如此的話，那麼這條命，不要也罷。

想要抬起手，這時才發現，自己的手上插著輸血針管，順著管路向上看，一個血袋就掛在自己身邊的點滴架上。

如果可以的話，就這樣拔掉手上的輸血管，讓自己就此死去，或許也是件不錯的事。讓這悲哀可恥的人生，畫下句點。

連鍾家續自己可能都沒有想到，自己不只是想想而已，衝動的情緒真的讓他勉強想要撐起身體來實行這個想法。

然而只是稍微動了一下身體，就感覺到無比的痠痛。

不過這點痠痛，完全阻止不了鍾家續的行動。

他仰起頭，舉起右手，正準備朝左手摸過去時，他看到了病房內其他的地方，然後看到了，不遠處的牆邊，曉潔趴在桌上睡著的樣子。不只有曉潔，就連另外一邊，亞嵐也坐在椅子上，頭靠著牆閉著雙眼。

看到這景象，鍾家續心軟了。

……唉。

內心嘆了口氣的鍾家續，無力地癱在床上。

看到兩人在病房裡面，等自己醒來等到睡著的模樣，實在讓鍾家續下不了手。

畢竟如果兩人醒了，看到自己因為拔掉了輸血管而死去的話，多少會為兩人帶來打擊，以及在心裡留下陰影吧？

如果要了結自己的性命，不需要帶給別人這樣的困擾，有的是機會，不是嗎？

……這條賤命。

現在回想起來，還真的是可笑至極。

當初，自己會去找曉潔，是因為自己終究想要得到個答案，但是卻忘記了一件很重要的事情——那就是自己真的可以接受那個答案嗎？

從現在的情況來看，那個等著自己揭曉的殘忍答案，不管怎麼想都不會有好結果的。不管哪個可能性，都只是讓自己從深淵跌到更深的谷底。

如果，今天鍾齊德還活著的話，那麼這個世界上，至少還有一個人，可以知道這條路，鍾家續走得有多麼不堪，至少有這麼一個人，可以了解鍾家續有多恨、有多委屈。

但如今，就連這個人都不存在了，天地之大，沒有自己的容身之處也就算了，就連哀怨的心情都沒人可以了解。

想到這裡，鍾家續勉強抬起痠痛的手，壓住自己的眼睛。

心中的悲恨，頓時湧上來。

想要壓抑自己的情緒，但卻渾身發抖，不能自已。

現在的鍾家續真的好想要到一個沒有人的地方，放聲大哭，然後憤怒地狂吼。

不過現在的他，連起床的力量都沒有，只能用棉被蓋住自己的頭，蜷曲在床上顫抖。

如果人生真的有谷底，相信就是此時此刻了。

激動的情緒，讓鍾家續一時沒有辦法克制自己，顫抖的身體，也掩不住那胸口的鬱悶心情。

不過，他不希望這個模樣被其他人看見，只能用棉被遮住自己的臉，然後躲在棉被裡面獨自哀傷。

裹著棉被的他，即便痛哭流涕，也不敢發出半點聲音，就連哀痛都如此的悲哀。

也不知道過了多久，終於慢慢讓自己的情緒緩和下來。

因為躲在棉被裡面，多少還是感覺到沉悶，有點喘不過氣。

於是稍微擦了擦眼淚，拉下棉被，將頭探出棉被外。

才剛探出頭，雙眼立刻跟對面的視線相對。

只見亞嵐已經醒來了，雙眼正凝視著自己這邊，想當然亞嵐一定也注意到自己剛剛那躲在棉被裡面痛哭的窘態。

這讓鍾家續一時之間覺得很難堪，不過那只是一瞬間的感覺，因為面無表情的亞嵐，轉頭看著在一旁仍然趴著熟睡的曉潔，讓鍾家續的心情瞬間平復了不少。

面無表情的亞嵐，對鍾家續來說，確實是個最體貼的情緒，因為如果是其他人的話，恐怕在這個時候多半都會表現出同情、憐憫或者是擔憂的神情，但是從亞嵐的臉上，看不到這些情緒。

或許在平常，這樣的表情顯得冷漠，然而在這個特別的時刻，這樣的表情卻顯得恰到好處。鍾家續並不想要看到擔憂的神情，更不想要看到同情自己的情緒。

而這點，亞嵐當然非常了解。

或許就是因為自幼父母雙亡的關係，對於這種至悲的哀傷，還有那種天下之大卻感覺沒有容身之所的傷痛，也算是有切身的體會，所以此刻的亞嵐特別了解鍾家續的心情。

這樣的體貼，絕對不單單只是一個表情而已。

畢竟亞嵐與曉潔兩人之所以守在這裡，主要也是希望看到鍾家續平安醒來，然而發現鍾家續醒來，也沒有叫醒一旁趴著睡著的曉潔，就可以知道亞嵐的體貼了。因為鍾家續此刻當然不希望曉潔看到如此軟弱的自己。

兩人就好像認識多年的好友一樣，鍾家續調整好情緒，然後緩緩地點了點頭。

亞嵐看了才伸手拍了拍曉潔，將她叫醒。

剎那間，鍾家續知道自己的生命到底缺少什麼了。

如果自己身邊也有一位像亞嵐一樣善解人意的好友，或許……自己的人生也有可能像曉潔一樣正面、樂觀。

不過鍾家續也知道，現在發現這點恐怕……已經太晚了。

4

知道鍾家續醒來，曉潔非常高興。

雖然有很多事想跟鍾家續說，不過好不容易看到鍾家續醒來，曉潔等人還是先通知醫護人員，讓他們看看鍾家續的狀況再說。

在醫護人員前來檢查，確定鍾家續狀況很穩定之後，一直懸著一顆心的曉潔與亞嵐，終於鬆了一口氣。

等到員警跟醫護人員都離開後，曉潔問鍾家續：「你感覺怎麼樣？」

「還好，」鍾家續淡淡地說：「就是傷口還覺得痛。」

「他們沒幫你上止痛嗎？」

「應該有，」鍾家續歪著頭說：「不然以傷口的狀況來說，應該會更痛才對。」

確實，在送上救護車之際，曉潔與亞嵐都有看到鍾家續的傷口，雖然不至於到深可見骨，不過也不是什麼輕傷。

「如果真的很痛，」亞嵐說：「就請醫護人員過來，不要逞強喔。」

鍾家續點了點頭，然後看了一下門口。

「那個，」鍾家續說：「那些警察……」

聽到鍾家續這麼說，兩人互看了一眼，將大致的情況跟鍾家續解釋了一下。

在鍾家續被那名少年打倒了後，因為失血過多的關係，意識也變得模糊，因此接下來發生的事情，他都不太清楚。

在聽完狀況之後，鍾家續望了一下門口。

「所以……」鍾家續無奈地仰頭說：「我現在算是被逮捕了嗎？」

「應該不是，」亞嵐苦笑地說：「如果逮捕我想我們會很清楚，而且你可能也會上銬，更不可能讓我們進來看你。所以正確一點的說法應該是……軟禁？」

「可是這一點道理也沒有。」曉潔補充說道。

「不過我倒是可以理解……」鍾家續無奈地說。

「啊？」曉潔訝異。

「妳不是說過，」鍾家續轉向曉潔問道：「有檢察官找過妳，問妳認不認識鬼王派的人嗎？」

「嗯。」

「現在他們找到了啊。」鍾家續攤攤手說：「當然不會輕易放我走吧？」

「可是，」亞嵐很快反應過來：「他們是怎麼知道你是鬼王派的人？我們沒有人說，而且那個也不是會記錄在你身分證上的東西吧？」

「嗯，」曉潔點點頭說：「而且就算你是鬼王派的人，也不應該就這樣把你抓起來吧？至少就我所知，台灣還是個法治的社會，什麼事情都需要講究證據的。」

聽到曉潔這麼說，鍾家續原本開口想要說些什麼，但最後卻什麼話都沒有說出來。

「不過，」亞嵐說：「我們也不需要想那麼多，現在你醒了，我想他們應該遲早會來問你，到時候我們就知道了，不是嗎？」

聽到亞嵐這麼說，兩人都點了點頭表示認同。

確實不需要想那麼多，既然警方這邊把三人留下來，說明了遲早他們三人會知道警方這邊的盤算。

原本還以為警方會通知檢察官前來偵訊鍾家續，這時候三人就可以好好抗議一下，目前這個詭譎的狀況，怎麼反而是被害人被宛如軟禁般的監視，誰知道等了一個下午，除了定時有醫護人員跟警員進來看一下之外，什麼其他人都沒有出現。

雖然鍾家續已經脫離險境，並且清醒過來，就連醫生巡房時，都說只要注意傷口不要感染，應該就沒有大礙了。

但是鍾家續還是很虛弱，尤其是在大量失血的情況下，臉色也顯得很蒼白，所以兩人也盡可能讓他多休息。

整體來說，鍾家續所受的傷只是些外傷，比較嚴重的，大概就是腹部的傷勢。

照醫生的說法，如果不是鍾家續年輕力盛，平常多少有些鍛鍊，腹部的肌肉還算結實，腹部的傷，絕對可能劃破他的肚皮，變成肚破腸流的景象。

這傷勢再次證明了，襲擊么洞八廟的那名少年，完全沒有半點顧慮，真的就是想把鍾家續往死裡打。

對此，曉潔與亞嵐兩人感到驚訝，不過鍾家續本人並沒有顯露太多情緒。

不知道為什麼，在曉潔的感覺中，或許是因為體會到了鍾家續的處境與遭遇，所以才覺得這樣的鍾家續是在故作堅強。

而且不只有聽到這些事情之後的反應，打從鍾家續醒來後，曉潔就一直有這樣的感覺。

就連被亞嵐搖醒，第一眼看到剛醒過來的鍾家續，曉潔都有一種他剛痛哭過一場的感覺。

或許這就像是，當你懷疑一個人的時候，不管他做什麼事情都覺得可疑之類的感覺吧？

就是因為現在鍾家續受盡了委屈，所以自己才會看到他，就直觀地認定他很委屈。

不過不管怎麼說，像鍾家續現在這樣，堅強地接受這一切，反而更讓曉潔覺得難受。

或許，就好像劉德華那首〈男人哭吧不是罪〉一樣，該痛哭一場的時候，就好好痛哭一場，反而會讓一旁的人，感覺到好受一點吧？

然而這些話，曉潔也不方便講出來，只能靜靜地看著鍾家續，如此而已。

當然以三人有限的醫療常識來說，現在鍾家續應該只需要注意感染，等傷口癒合後，行動沒什麼大礙，應該就可以出院了。

晚餐，鍾家續的是醫院送來的餐點，至於亞嵐與曉潔，則由警員提供兩人便當。

看樣子，三人不能離開這間病房的事，警方並不是隨便說說的。

晚上，警員也搬來兩張行軍床，讓曉潔跟亞嵐，至少有個行軍床可以睡。

看著這兩個非自願性、宛如看護一樣的同伴，鍾家續也只能無奈搖頭。

不過這不是現在三人可以改變的現況，因此也只能接受警方的安排。

暫時就在警方的監視下，在病房度過這徹底改變一切的夜晚。

5

醒來的這天晚上，雖然說身體需要多休息，不過鍾家續感覺像是已經睡了很久一樣，躺在病床上怎麼樣都沒有辦法睡著。

看了一下躺在行軍床上的曉潔與亞嵐，兩人都緊閉著雙眼，雖然沒有聽到鼾聲，但似乎已經睡著了。

看著病房的門，想像著兩名警員就守在門外，不禁讓鍾家續聯想到，如果這時候，那對姊弟又再度襲擊三人，那兩名警員真的可以守得住嗎？

一想到那對姊弟，又讓鍾家續的心情感到如絞痛般的痛楚。

那對姊弟到底是何方神聖？那些看起來像鬼王派的招式又是怎麼一回事？

只要一想到那對姊弟，這些問題就不自覺地浮現在腦海中。

在亞嵐與曉潔都已經睡著的現在，鍾家續的情緒終於顯露在臉上，那是因為內心痛苦而扭曲的表情。

心中熊熊燃燒的，是以委屈與憤恨為薪柴的怒火。

鍾家續的雙手，也因為激動的情緒，而緊握著拳頭不停發抖。

等到情緒好不容易回復，他朝行軍床看過去，立刻被眼前的景象嚇了好大一跳，甚至整個人都震了一下。

只見亞嵐與曉潔雖然仍躺在床上，不過這時兩人的雙眼都瞪得老大，凝視著自己。

半夜三更看到兩人這模樣，還真讓鍾家續嚇了一跳。

「妳們兩個，」鍾家續皺著眉頭說：「半夜不睡覺，兩個人四隻眼睛瞪那麼大是要嚇死誰啊？」

面對鍾家續略微抱怨的提問，兩人都沒有回答，只是坐起身來，互相看著彼此。

從曉潔跟亞嵐的表情看起來，兩人似乎正在交換著什麼意見一樣。

這些微不足道的互動，全都看在鍾家續的眼裡。

畢竟不管是鍾馗派還是鬼王派，觀察力都是非常重要的能力，也是從小就一直被培養的事情，因此這麼明顯的互動，鍾家續不可能看不清楚。

「妳們有什麼話就直說吧，」鍾家續搖搖頭說：「經過這些事，我想自己應該已經沒有什麼無法接受的事情了。」

現在是夜深人靜的時候，外面的警員也好，醫護人員也好，應該都不會進來打擾了。

在鍾家續醒來後，兩人就一直在找時機，把曉潔好不容易做的決定，告訴鍾家續。

或許，現在就是時機，不過在這之前，曉潔還是有些話想要問鍾家續。

雖然說這麼問可能不是很有意義，但對曉潔來說，這是一件非常重要的事情。

「鍾家續，」曉潔沉下了臉說：「我有件事情想要問你。」

「嗯？」

看到曉潔一臉嚴肅的神情，鍾家續先是一愣，接著緩緩地點了點頭。

「假設……」曉潔沉著臉問鍾家續：「只是假設，如果讓你變強，變得跟阿吉一樣強，你會怎麼做？」

這個問題，鍾家續也不知道想過了多少次。

其實鍾家續也不知道，自己的人生到底是怎麼樣的？

每個人出生之後，就像是一張白紙，然後隨著年紀越來越大，這張白紙會漸漸染上色彩。多半，為這張白紙染色的人，就是雙親與後來的教育者。

鍾家續雖然不能稱為多優秀的小孩，不過，終究還是乖乖讓這些角色染上自己的色彩。

然後突然有一天，其他人出現指著自己，說自己就是所謂的邪門歪道。

明明，就只是踏著前人的腳步，明明，就不是自己的選擇。

其他人給自己貼上了一個標籤——人逆魔。

在分類中，他們甚至不是靈，而且他們也是在一百零八種的分類之中，唯一一個生而為魔者。

但是鍾家續又能如何？在這個一切都是實力至上的世界，他的力量比人小，卻被迫背負著任何人都難以背負的重擔。

不管是活下去，還是傳宗接代，延續自己身上的血脈。

因此被曉潔這麼一問，鍾家續一時之間也不知道該怎麼回答。

「如果妳在幾個月前，」鍾家續抿著嘴說：「問我這個問題，我想我有個非常簡單的答案。」

曉潔跟亞嵐凝視著鍾家續，靜靜地聆聽。

「我一定會毫不猶豫地回答妳，」鍾家續說：「我會用這個強大的力量，重新振作鍾家，讓以後的鍾家人，可以自由自在地生活，不需要躲躲藏藏。」

這確實是鍾家續的真心話。

「但是，」鍾家續沉重地閉上雙眼，搖搖頭說：「現在一切都不一樣了，很多我過去認為理所當然的事情，都……」

鍾家續緩緩地望向曉潔。

「在跟妳們認識之後，」鍾家續面無表情地說：「我終於了解到，要讓以後的鍾家人不用再躲躲藏藏，需要的不是力量，相反地，一旦有了這樣強大的力量，只會更加難以自由。這就是在我們之前的先人跟前輩們，沒有辦法想通的地方。」

鍾家續重重地嘆了口氣。

「回顧我們雙方的過往，」鍾家續說：「都是因為執著在誰比較強這件事情上，才會導致這些恩恩怨怨。不管哪一方贏，得到的都只是暫時走在陽光下的權利，不管哪邊有利，都有另外一半的人，被迫過著痛苦的日子。這樣的情況，對雙方都不是件好事，不是嗎？」

聽到鍾家續這麼說，曉潔與亞嵐認同地點了點頭。

「至於重振鍾家，」鍾家續面露苦笑：「現在就連我自己是不是真的姓鍾，我都不是很有信心了……」

雖然鍾家續的口中，沒有流露太多的情緒，但聽在兩人耳中，還是有種心酸的感覺。

「其實，」鍾家續停頓了一下之後接著說：「就像我說過的，過去我想變強，有絕大的部分，都是為了活下去，為了保護自己。但是，在被那個小鬼……」

說到這裡，鍾家續不自覺地摸了摸自己的腹部。

「我確實有種……」鍾家續說：「不如就這樣死了也好的想法。」

曉潔搖搖頭，張嘴彷彿想要說什麼，但是因為鍾家續又繼續說下去，所以話沒有真正說出口。

「不過不可思議的是，」鍾家續苦笑：「想要變強的那個心情，卻越來越強烈。明明好像已經沒有什麼東西可以失去了，但是卻仍然想要變強，真的是……」

說到這裡，鍾家續也終於慢慢釐清自己的想法，也等於有了曉潔這個問題的答案。

「可能……真的很不甘心吧，」鍾家續說：「或許對於至今所發生的事情，有太多我真的搞不清楚的地方。不過我很清楚地知道一件事情……」

鍾家續皺著眉頭，不甘心的情緒全寫在臉上：「我們錯了，他們可以用各種手段，給我們當頭棒喝，可以把我們狠狠揍一頓，告訴我們，我們是所謂的邪魔歪道。但是，當他們錯的時候，又有誰可以給他們教訓呢？」

面對鍾家續的反問，曉潔完全沒有答案。

「反過來說，」鍾家續說：「就算我們有道理又如何？就算我們是冤枉的又如何？不管是妳的師父，還是那一對姊弟，我們甚至連開口說話的資格都沒有，不是嗎？」

事實正如鍾家續所說的，一直到現在如此，鍾家續根本沒有開口說話的餘地。

「所以我真的了解到，」鍾家續說：「有時候……正義比邪惡更需要強大的力量。我不敢說，我就是什麼正義，但是現在來說，明明什麼都沒有做錯，卻老是要被人這樣……連條狗都不如，真的很不甘心。」

說到這裡，鍾家續轉過頭來，凝視著曉潔。

「所以妳的問題，」鍾家續說：「我也有答案了，雖然我不知道，我有力量之後，會做什麼，但是我絕對不會像他們一樣，靠力量來解決一切問題。」

聽到鍾家續的回答，曉潔與亞嵐兩人互看了一眼。

「不好意思，」亞嵐無奈地說：「不是不相信你，不過你讀過歷史就會知道。多的是人在下位的時候說的是一套，等到自己成為上面的那一個人的時候……」

「我了解，」鍾家續說：「這就是人家說的，換個位置就換了顆腦袋吧。」

亞嵐點了點頭。

「不過我不是說說而已，」鍾家續說：「我有東西可以證明我的覺悟與決心。」

「什麼東西？」不只亞嵐聽得一臉狐疑，就連曉潔也面露疑惑的神情。

鍾家續說完之後，摸了摸自己的衣服，這時才想到，自己現在穿的是醫院的病服，不是自己的衣服。

「不好意思，」鍾家續對兩人說：「妳們有看到我的衣服嗎？就是送來醫院的時候我穿的衣服。」

亞嵐點點頭，站起身，走到衣櫃前。

「幫我摸摸衣服裡面的口袋，」鍾家續說：「應該有把鑰匙，不，不是那串，那是我家裡的，應該還有另外一……對，就那把，幫我交給曉潔。」

亞嵐將鑰匙拿著，回到位置，曉潔一看，發現似乎是置物櫃的鑰匙。

「在去找妳的那天，」鍾家續說：「我覺得應該沒什麼危險，也覺得麻煩，所以把我的本命鍾馗，寄放在台北轉運站的寄物櫃裡。那把就是寄物櫃的鑰匙，我現在把它交給妳，讓妳保管。」

聽到鍾家續這麼說，曉潔沉下了臉，她知道有別於本家，鬼王派的人跟本命鍾馗戲偶之間的關係，幾乎跟他們的性命一樣重要。

換句話說，現在的鍾家續真的等於是把性命交到了曉潔手上。

至於鍾家續這邊，終究是鬼王派的人，他也大概猜到，曉潔問這個問題的原因。

其實，曾幾何時，這樣的想法也浮現在他的腦海中

但是，鍾家續絕口不提，只有一個原因。

雖然，他不想要求人，也不想要為難他人，但真正讓他開不了口的原因，卻不單單只是如此而已。

鍾家續非常清楚，如果想要走下去，他需要的是信任，他已經失去了一個家，天下之大也只剩下他孤身一人。

如果他開口要求，只會失去自身僅存最後那麼一點不堪的尊嚴，以及為難眼前這個把自己當成同伴的曉潔。

所以他壓根沒想過要開口，因為做不做這件事情，只有一個人能夠做決定，就是曉潔自己。

至於鍾家續這邊只能接受曉潔的決定，並且保證自己絕對不會辜負她的決定。

所以鍾家續也想過，一旦真的有這麼一天，他就把自己的本命交給她。

「如果未來，」鍾家續說：「我走歪了，或者有任何不妥的地方，請妳告訴我，如果我不聽，或者濫用了力量，妳隨時可以處分掉我的本命，這……就是我的保證。」

一旦沒了本命，對鬼王派的人來說，基本上也算是廢了，就好像小說裡面的廢除武功一樣，因此兩人也明白鍾家續所謂的證明。

「就一次，」鍾家續仰著頭說：「我只想要就那麼一次，讓那些荒唐的成年人們，知道自己的所作所為，是多麼錯誤。在這之後，妳要我離開這條路，永遠不再過問任何事情，我都甘願。……我是真的受夠了。」

聽完鍾家續的話之後，曉潔終於做出了最後的決定。

「你要說的話，」曉潔沉著臉說：「我完全了解了，現在換我把我的決定告訴你。」

鍾家續抿著嘴，等待曉潔宣布最後的答案。

「我決定，」曉潔說：「把口訣傳給你，讓你魔悟。」

鍾家續用堅毅的眼神，望著曉潔，然後緩緩地點了點頭。

這代表，兩人真的再也沒有回頭路了。

就在今晚，兩人決定踏上那條無法回頭的路，一條——禁忌之路。

只是不管曉潔、亞嵐還是鍾家續，都不知道這樣的決定，到底會為鍾馗祖師一路所傳承下來的門派，造成什麼樣巨大的影響。

第3章．傳奇之外

1

是夜，無偶廟中。

仰望著天空，阿吉知道，今天自己清醒的時間已經差不多要結束了。

雙手因為激烈的練習，而感覺到痠痛，不過大概只要休息一天，就可以恢復了，不會有什麼負擔。

摸了一下自己的背，到現在還感覺到隱隱作痛，前幾天因為練習太過激烈，結果完全沒有注意自己清醒的時間，在失神前一刻還在練習的情況下，突然失神導致刀疤鍾馗整個撞上自己的背部，因為力道太大的關係，整片背都瘀青了，直到現在都還感覺得到疼痛。唯一不幸中的大幸是刀疤鍾馗沒什麼損傷，不然要修復又是一項頭痛的工程。

有鑑於此，現在的阿吉都不敢練到最後一刻，只要感覺身體的狀況或是時間差不多了，就會停下來，像這樣坐在旁邊休息，靜靜等待著那一刻的到來。

坐在這裡發呆的同時，腦海裡浮現出來的，是幾天前去探望清醒的伯公時，伯公所說的話。

對阿吉來說，雖然可能跟現在的事件沒有多大的關聯，但是還是很在意伯公說過的話。

一個一模一樣的鬼魂，殺了無偶道長。

過去，阿吉曾經問過呂偉道長，關於無偶道長的死。

不過那時候，呂偉道長給阿吉的答案卻是懸案，沒有人知道是誰殺了無偶道長。

但在伯公所說的話裡，無偶道長的屍首是呂偉道長帶回來的，而且在無偶道長被殺的那一天，呂偉道長也有追出去。

當然，光從伯公的說法，可能沒有辦法真正證明什麼，畢竟就算呂偉道長追出去，也不代表一定追得上。而將屍體帶回來，也不代表一定就有看到無偶道長被殺的經過。但至少應該對兇手的身分，有所猜測與了解才對，不可能全然不知。

然而過去當提到無偶道長的死時，呂偉道長卻告訴阿吉，完全不知道兇手是誰，就連整起命案也是件懸案。

如今看起來，似乎真的很可疑。雖然說可以想見的是，呂偉道長可能缺乏證據，所以不想隨便指認他人。

不過……自己的師父被人殺害，身為弟子的呂偉道長，明明知道可能的嫌疑犯，卻在那之後，沒有半點動作，似乎也真的很奇怪。

難怪道上會有些奇怪的傳聞，指稱呂偉道長跟無偶道長的命案多少有些關聯，似乎也不全然是空穴來風。

雖然就自己所了解的師父呂偉道長來說，阿吉相信呂偉道長絕對不可能是殺害無偶道長的真兇，不過他覺得，這裡面應該有些隱情，而關鍵點當然就是那個一模一樣的鬼魂。

這時原本還在一旁練習的玟珊，也準備結束今晚的練習，走到了阿吉身邊。

看到阿吉一臉苦惱的模樣，即便不用多說，玟珊大概也猜想到，阿吉應該就是在想伯公說的事情。

其實，類似的想法這幾天也一直縈繞在玟珊的腦海，雖然說現在的玟珊，口訣還沒有背完，對於鍾馗派的過去，所知也不多。

但或許就是這樣，反而可以比較客觀地去評估伯公所說的話。

在阿吉的身邊坐下來的玟珊，沉吟了一會之後，轉向阿吉。

「我在想，」玟珊摸著下巴說：「那個所謂的一模一樣的人，如果真的是活人的話，會不會是雙胞胎？」

聽到玟珊這麼說，阿吉沉下了臉。

玟珊會這麼想並不奇怪，而且對鍾馗派來說，雙胞胎也不是什麼新鮮事。

至少對鍾馗派來說，曾經就有這麼一對雙胞胎，徹底改變了鍾馗派的歷史。

這一對雙胞胎，本來被眾人期待，可以成為振興鍾馗派的棟梁，一個擔任北派的掌門，一個則掌握著當時最重要的機構，也就是所謂的十二門。

只是後來兩人沒有能夠回應眾人的期待，其中一人甚至還叛離師門，帶著十二門的精銳，自己創立了一個門派，就是後來眾所周知的鬼王派。

就是因為這對雙胞胎，才開始了長達數百年，甚至連鍾家都沒辦法避免的同門相害、手足相殘的局面。

所以就算真的是雙胞胎，對阿吉來說，絕對不是什麼新鮮的事情。

可是……如果是雙胞胎的話，雖然那時候的鍾馗派之間，沒有召開過道士大會，缺少一個整合的單位，不過各派彼此之間多少還是會知道誰家有幾個弟子之類的基本資料。

如果無偶道長真的有雙胞胎的話，應該不會都沒有人知道才對。

當然這也是基於兩人都加入了鍾馗派為前提，所推論下來的結果。

所以如果真的是雙胞胎的話，按理說，應該會有些人知道這件事情才對。

但這些年來，阿吉完全沒有聽過無偶道長有兄弟的事情，因此這樣的推論，多少還是有點不太合理。

聽完阿吉的解釋後，玟珊低下頭，理解地點了點頭。

確實要完全都沒有任何人知道的情況，多少有點不太可能。

可是這是基於兄弟倆都是鍾馗派的人……

「那麼，」玟珊提出自己的想法：「如果反過來呢？會不會他們打從一開始都是鬼王派的人呢？」

面對玟珊這次的想法，阿吉很快就搖搖頭了。

因為就理論上來說，兩人都是鍾馗派的情況，可能遠比兩人都是鬼王派要來得簡單一點，可能性也比較高一些。

首先第一個問題，就是當時鬼王派的狀況。

早在清朝大戰之後，整個鬼王派就彷彿過街老鼠般，真的是人人喊打。

尤其是這股反撲的勢力，甚至不單單只有來自鍾馗派本家，在長達數百年的政治優勢下，鬼王派也有人做出許多見不得光的事情。

因此在鬼王派失勢後，許多過去累積的怨恨，也跟著爆發出來。

這樣的局勢逆轉，導致鬼王派不得不隱姓埋名，從此想盡辦法躲避來自四面八方的追殺。

這樣的情況即便到了清末民初，還是沒有改變。

雖然後來全世界陷入世界大戰的戰亂中，所以讓這種情況有所舒緩，大家都為了保全自身安危，根本沒有多少人會注意到鬼王派的動態，但光是就局面來說，還是對鬼王派很不利。

在這種情況下，要採取這樣的行動，就已經是件很冒險的事情了。

畢竟如果照玟珊的假設，無偶道長還必須潛入本家，才有可能是鬼王派的人。

鬼王派的傳統，只要小孩到了六歲就要入魔道，從小開始學鬼王派的東西。而且一入魔道終無悔，只有本家才會在學習多年後，選擇墮入魔道。

鬼王派不行，一旦開始學習了鬼王派的東西，就不可能回過頭來學習本家的東西。所以如果是鬼王派的小孩，一旦學了鬼王派的東西再潛入本家，根本就是自找死路，就算當下沒被識破，過一陣子也會被發現。

就阿吉所知，無偶道長很年輕時就已經是北派的弟子，在這種情況下，想要避人耳目，是件很不容易的事情。

就算假設無偶道長是鬼王派的人，而且小時候還沒學會過任何東西就被送到北派。無偶道長死前也已經年過半百了，這些年來幾乎都是北派的人，說他是鬼王派的人，好像……也太怪了。

畢竟其中一、二十年，無偶道長是北派的掌門，以他的地位，如果是鬼王派的人，應該可以做點什麼。在當時的時空背景下，以他的地位要一手毀了本家都有可能，更別說他還教出兩個開創鍾馗派盛世的弟子，指他是鬼王派真的有點過分了。

最後，無偶道長也算是北派的掌門，雖然沒有多少人可以證明，無偶道長的功力有多強，不過光是他教出的兩名弟子，就讓同門讚嘆不已的程度來說，按理說也不應該太差才對。

想要殺掉這樣的無偶道長，那功力應該也不容小覷，不過即使如此，想正面殺掉他絕不容易，如果是暗殺，那麼多少還可以理解。

偏偏對方是堂堂正正的登門拜訪，將無偶道長帶出去，怎麼想都很不合理。

更重要的是，不管是現在，還是當時無偶道長的環境，鬼王派應該都不敢貿然出現才對，更遑論大剌剌地派人出來殺人。

綜合以上這些看起來，假設那個一模一樣的傢伙，是無偶道長的雙胞胎，似乎不是很合理。

「這也不對，那也不對，」玟珊哭喪著臉抓著頭說：「感覺好像走進了死胡同……」

聽到玟珊這麼說，阿吉不自覺地笑著說：「那是因為我們執著在那個一模一樣的傢伙是人，才會走入死路。但如果認定那傢伙是靈體，不管是味道還是外型都可以有很合理的解釋。」

其實雙胞胎這點阿吉也曾經想過，不過就像他跟玟珊解釋的那樣，中間還是有很多地方看起來很不合理。

如果想要讓這些都說得通的話，可能還需要補足一些漏洞才行。目前看起來，這些漏洞就算是阿吉都很難找到一個合情合理的理由將它們補上。

「所以那個一模一樣的傢伙，」玟珊問：「說到底真的就像伯公說的一樣，是個不祥的鬼？」

對於這點，阿吉也不敢打包票，因此側著頭說：「目前看起來，似乎這個可能性比較高，不過……」

「不過？」

「不過就算是靈體，」阿吉說：「後面也一定有個操作的人，而且不知道為什麼，我總覺得那個背後操作的黑手，跟這次的一連串事件，有著密不可分的關係。」

這就是阿吉的感覺，雖然不確定對方為什麼要這麼做，為什麼需要相隔一年，而且在這一年的時間裡，不管是對方還是無偶道長，似乎都沒有什麼真正的動作。

不過阿吉還是覺得，如果能夠找出這個答案，或許真的可以解答現在的疑惑也說不定。

2

第二天，當阿吉回過神來時，玟珊告訴他，下午的時候，陳憶玨打過電話。主要是告訴阿吉，鍾家續已經脫離險境，並且清醒過來。而阿吉的徒弟曉潔和老是跟在曉潔身邊的亞嵐，到醫院打算探視鍾家續。

但是在陳憶玨的指示下，曉潔與亞嵐毫無意外地選擇了跟鍾家續一起，待在醫院接受警方的保護。

在有限的權限下，這已經是陳憶玨所能做到的極限。

從某個角度來說，這對阿吉來說，或許是最好的結果。

如果可以的話，阿吉甚至希望三人可以遠離這場風波，越遠越好。

聽完了玟珊的轉述，阿吉沉下了臉，低頭不語好一陣子。

「我差點……」經過一陣子的沉默後，阿吉悠悠地說道：「就犯下大錯了。」

「什麼大錯？」玟珊問。

「如果那天，」阿吉搖搖頭說：「曉潔沒有擋在我面前的話，說不定我已經做出一輩子都沒有辦法挽回的事情了。」

聽到這裡，玟珊大概也了解到阿吉所說的，應該是月下決戰的那天，曉潔擋在阿吉的面前，阻止他傷害鍾家續的事。

「不過，」玟珊試圖讓阿吉不要如此難受，因此幫阿吉解釋道：「當時我們所知有限，鍾家續確實就是鬼王派的人，而鬼王派的人就是殺害我爸跟小悅的兇手，你會有那樣的反應，也是人之常情。」

「不，」阿吉搖搖頭說：「我說的不單單是可能冤枉好人的這件事情，而是更嚴重的事情……」

玟珊不是很了解阿吉話中的意思，臉上浮現出疑惑的表情。

對於玟珊有這樣的疑惑，阿吉當然明白，這也讓他感覺到事情的嚴重性。

在發生這些事情之前，或許對阿吉來說，那些過往的恩恩怨怨，已經成了歷史，沒有任何實質上的意義。然而事情演變至今，阿吉終於知道自己犯下了大錯。

雖然如果當時不是因為時間緊迫，終有一天，阿吉還是會把這些事情告訴曉潔，但正是因為當時的時間所剩不多，阿吉才會捨棄這段「歷史」，沒有將事情的始末完整地告訴曉潔。

不過事情演變至今，也許不算太晚。

對現在的阿吉來說，最重要的事情有兩件，第一件就是盡可能保護鍾家續、曉潔等人的安全；另外則是把這段歷史傳承下去。

「如果鍾家續真的是犯下這一切的兇手，」阿吉淡淡地說：「那麼或許我們所做的事情，還可以說得過去，但如果他不是兇手，對妳來說，可能頂多是冤枉好人，而對我來說，可就真的無顏面對自己的師父與先人了。」

「怎麼說？」玟珊問。

剛好，這時候的阿吉，也打算先把其中一樁重要的事情，先解決掉再說。

「有件事情，」阿吉轉頭看著玟珊：「我希望可以拜託妳。」

玟珊點了點頭。

「不過在這之前，」阿吉說：「我需要先跟妳說一件事情，嚴格來說是一段過去，一段傳奇之外的過去……」

3

對大部分的人來說，所謂的九首傳奇，始於「福建岸邊託孤」，就是九首還在母親肚子裡面的時候，跟著母親上了鄭芝龍的船，一路逃往日本的故事。最後是「九首歸鄉」，講述的則是九首被刺後，鍾馗派眾人將九首的屍骨，送回故鄉的故事。

這就是大部分不管是鍾馗派的道士，還是一些對於這部分有興趣的歷史學家，所認知的九首傳奇始末。

以歷史的角度而言，這樣的開始與結束，可說是非常正確，而且有始有終，從鍾九首還在母親的肚子裡，然後到死後屍骨返鄉作為結束。

確實就整個傳奇故事來說，這樣的始末並沒有半點錯誤的地方，然而如果單單就只從這樣的觀點來看的話，似乎也有點縮小了鍾九首真正的影響力。

因為在鍾九首死後，他的影響力，才慢慢顯現出來。

其中最明顯的一件，就是在那之後引發的清朝大戰。

那場大戰的起因，正是因為九首的弟子，為了要幫師父報仇，才引發的一場全面戰爭。

但是以這場大戰為首的諸多事端，多半不會被歸類在九首傳奇之中，因為那時鍾九首已經過世，所謂的傳奇似乎也已經到此為止。

不過對於比任何人都了解鍾九首一生的北派來說，所謂的九首傳奇卻不僅僅止於這些始末。

對北派的所有後代來說，鍾九首是他們的驕傲，更是他們的先人，因此關於鍾九首的事蹟以及他的傳奇，一些或許在他人看來微不足道的小事，對北派的弟子們來說，都是重要的文化傳承。

當然，這其中也包含了許許多多，不被人知道與了解的事。

或許從某個角度來說，這些不被傳奇所記載，屬於傳奇之外的故事，才真正是九首傳奇最重要的精神。

九首傳奇中，最讓人心碎的一篇，大概就是鍾九首被人刺殺的那一段。

殺害九首的人，是鬼王派的人，一個忘恩負義的女人。那女人因為船難的關係，被鍾九首以及他的弟子發現，將她救上岸，卻萬萬想不到這女人最後恩將仇報，趁著靠近鍾九首的機會，一刀刺殺了鍾九首。

這就是眾所周知「刺殺九首」的故事，也是鬼王派歷史中最惡名昭彰的一頁。

不過在這段歷史中，卻也藏著許多不為人知，傳奇之外的故事。

事實上，鍾九首是在眾目睽睽、出乎意料之外的情況下，被意想不到的人刺殺而死。這個兇手，後來也被證實是鬼王派的女子，這些都跟史實沒有出入。

不過在這之中的細節，卻是只有北派的人才知道。

鍾九首從小就跟著鄭成功一起長大，感情跟兄弟沒什麼兩樣，而在兩人長大後，鍾九首也跟在鄭成功的身邊。

隨著鄭成功越來越成功的同時，鍾九首的身分也越來越難隱藏。

在盤古開天之後，不管是天生就存在，還是後來形成的妖魔鬼怪，充斥在人世間。

而從上古時代的黃帝，打敗蚩尤的那一戰開始，歷史上也不時可以看得到這些妖魔鬼怪的蹤跡，同時也可以看到與之對抗的各種方術與法術。

這些充滿神秘色彩的力量，就這樣穿梭在歷史故事之間，留下一些足跡。像是蚩尤的妖術，到黃巾賊的仙術，都是歷史留下這些紀錄的證明。

其他的不說，光是鄭成功的許多傳奇故事，也都充滿著各種神秘的色彩，這些其實都可以看得到一點鍾九首的痕跡。

這些痕跡或許在其他人的眼中，完全是為了神化鄭成功所編織出來的傳奇故事，但在鬼王派眼中，卻是非常值得注意的線索。

在清朝大戰之前，雖然說鬼王派的勢力，不如元朝那麼具有影響力，但在許多軍隊或是地方，還是多少可以看得到一些鬼王派的蹤跡。

而鄭成功這一路的征討，確實也得要面對各種匪夷所思，無法用科學來解釋的敵人。這種時候，就是鍾九首登場大顯神威的時刻，這也正是鍾九首後來會曝光的原因。

「鍾家的後人很可能就在鄭成功的旗下」，當這件事情傳開來之後，麻煩與凶險也隨之而來。

鬼王派的刺客，一個接著一個襲來，而最後的結果，就是那個公認為九首傳奇中，最驚心動魄的一段故事「府城七決」。

不過鮮少有人知道的是，在府城七決之前，一個小小的事件，甚至不能稱為事件的事情，就在台南的周邊海域發生了。

那時候的鍾九首，帶著自己的弟子，剛完成鄭成功交付給他們的任務，正準備返回台灣，卻在航海途中，遇到了一艘遇難的船隻。

九首指揮著弟子們，合力把那艘船隻上的人救起，不過因為九首等人發現這艘船的時間有點晚了，因此船上大部分的人，都已經遇難，只剩下七個人僥倖存活。

在詢問之下，才知道原來這艘船本來就是要載人到台灣，結果因為遇到了一場突如其來的暴風雨，最後船隻承受不住風雨的摧殘，才導致船難。

於是九首等人好人做到底，送佛送到西，將這兩女五男一共七個人，順道送到台灣。

在這七人之中，有一名女性，告訴眾人她的名字叫做藍欣。

而這個藍欣，其實只是個化名，她正是日後刺殺了鍾九首的兇手，也是鬼王派鍾家的後代——鍾心。

多年後，這個鍾心就在眾目睽睽下，將匕首送入鍾九首的胸膛，直穿心臟，在鍾九首的弟子們面前，殺害了他們最敬愛的師父。

傳奇到此為止，並沒有什麼不一樣的地方，與其他人所熟悉的九首傳奇一樣，都是一個鬼王派名為鍾心的刺客，刺殺了鍾九首。

不過接下來的事情，就是只有北派的弟子才知道的事情。

這也是接下來阿吉要告訴玟珊的故事，這段只屬於北派弟子，才知道的故事。

原本理應當場被這些弟子們擊斃的鍾心，並沒有被人抓起來殺死，反而是順利回到了鍾家。

而這段過往，正是述說在刺殺了鍾九首後，那個兇手鍾心的後續故事。

在聽完了整個故事後，即便與鍾馗派還沒有很深刻的感情，仍然讓玟珊感覺到感嘆，想不到命運竟然會如此發展，讓所有當年的人，沒有任何人成為這場悲劇中的勝利者。

鬼王派在殺害了鍾九首之後，也招來了自己的滅亡，一場堪稱史上最具毀滅性的大戰，就這樣展開。

至於北派，也在那場清朝大戰之後，多出了一條，與其他門派完全不同的規矩，那就是——永遠不對鍾家人出手。

這點其實倒也不算是秘密，其他各派多少也知道了這件事情，只是不清楚背後的真正原因。除此之外，其實在大獲全勝之後的各派，也都認同這個規矩。

大部分的人能夠認同的原因，多半也是因為在北派失去了鍾家子孫後，鍾馗祖師的血脈，就只剩下鬼王派的鍾家了。

因此即便雙方立場完全不一樣，但對於北派的這個門規，其他各派也有人表示認同，雖然不像北派這樣要求自己的弟子，不過確實有些人認同這樣的規矩。

然而除了北派的人之外，恐怕沒有任何人會想得到，北派之所以會有這樣的規矩，完全是因為一個不為人知的秘密。

而現在，阿吉也將背後真正的原因，告訴了玟珊。

當然對阿吉來說，如果不是因為懷疑鍾家續或是鍾家的人殺害了小悅，阿吉也絕對會遵守這條戒律，終生不會對鍾家的人出手。

不過現在絕對不算太晚，既然鍾家續已經用行動證明了自己的清白，那麼不管什麼情況下，阿吉都絕對不會再對鍾家續動手了。

至於玟珊，在聽完了阿吉所說的故事之後，一直抿著嘴，不發一語。

面對鍾馗派與鬼王派之間這宛如孽緣般的命運，玟珊只感覺到悲哀與沉重。沒有任何一個人，可以簡單地成為被指責的對象，事情會演變成如今這樣的局面，也絕對不是一兩個人就可以造成的。

或許可以反過來說，如果今天這樣的悲劇，是一個人私心之下的結果，可能還比較容易解決。

但是偏偏不是這樣，每個人都扮演著自己的角色，堅守著自己的位置，然後讓事情變得如此扭曲、糟糕。

而這扭曲又難以承受的狀況，就是鍾馗派的命運。

至少是所有鍾馗派的弟子，沒有辦法逃離的宿命。

在得知了這些傳奇之外的故事後，玟珊有點難以接受，一旁的阿吉，也絕對可以體會這樣的情緒，不過對阿吉來說，這時候告訴玟珊這些事情，還有一個重要的期許。

「如果，」阿吉沉下臉，對玟珊說：「這一次我沒辦法活下來……」

聽到阿吉這麼說，玟珊臉色驟變，雙眼直直瞪著阿吉，看到阿吉一臉嚴肅的表情，才把想要開口說的話吞回去。

「麻煩妳，」阿吉接著說：「把這段歷史告訴曉潔，她也有必要知道。至於鍾家續那邊……就看曉潔自己的決定了。要不要告訴鍾家續，就讓她決定吧。」

雖然玟珊很想說，要阿吉活下去，自己跟曉潔說，不過玟珊也知道，這些事情不是阿吉可以選擇的。

因此抿著嘴凝視了阿吉一會之後，玟珊緩緩地點了點頭。

彷彿好不容易放下心中的一塊大石，看到玟珊點頭之後，阿吉臉上才顯露出一抹淡淡的微笑，接著點了點頭，雙眼又再度失神，回到了那個一片虛無的空間中。

看到阿吉再度失神，讓玟珊鼓起了嘴，不滿阿吉總是這樣，丟下一顆震撼彈之後，就自顧自的失神，不過當然這不是阿吉所能控制的，所以這樣對阿吉生悶氣，好像也有點胡鬧。

仰起頭看著深夜的星空，玟珊的內心還是感覺到悲哀。

對於現在兩人的遭遇，甚至所有過去被捲入這個風波之中的人們，心情真的五味雜陳。

4

在把過去事件的始末交代清楚後，對阿吉來說，剩下最重要的事，就是保護曉潔與鍾家續他們兩個人了。

不管是阿吉還是陳憶玨都非常清楚，讓他們一直待在醫院裡面絕對不是辦法。

所以阿吉打算約陳憶玨見個面，好好商談接下來的對策。

第三天的晚上，陳憶玨再度來到無偶道長的廟宇，兩人約在後院見面。

「這棵榕樹還真的是營養不良啊。」仰望著後院那棵瘦小的榕樹，陳憶玨搖著頭說。

「聽說師父用盡了各種辦法，」阿吉笑著說：「還曾經開壇作法過，就是想要讓它變壯一點，結果都沒有用。」

陳憶玨聽了也只能苦笑搖頭，這聽起來的確就像是呂偉道長會做的事情。

印象中，呂偉道長總是很在意么洞八廟裡的植物，照顧那些樹木也從來不假手他人，如今回想起來，很有可能就是擔心那些樹木會跟這棵榕樹一樣，而有了心理陰影也說不定。

雖然最後沒有能夠如自己父親陳伯的願，成為呂偉道長的弟子，不過從小幾乎就等於在么洞八廟長大的陳憶玨，對呂偉道長也一點都不陌生。

或許就是因為這樣，呂偉道長才會一直遲遲沒有答應陳伯的要求，可能就是了解、看出陳憶玨，其實志向並不在這裡。

然而這對無緣的師兄妹，今天聚集在這棵大樹下，絕對不是為了緬懷過去，所以陳憶玨很快切入主題。

「我已經請同仁幫她們兩個買了些換洗的衣物，」陳憶玨說：「看樣子她們可以在醫院裡待上好一段時間。」

「鍾家續的狀況怎麼樣？」

「傷勢已經控制住，」陳憶玨皺著眉頭說：「醫生說只要注意傷口不要感染就好了。」

「嗯。」阿吉點了點頭，臉上浮現出鬆了一口氣的表情。

畢竟傷害鍾家續的人，很可能就是鬼王派的人，就阿吉的了解，鬼王派的人下手，多半不會只有單純的外傷，常伴隨一些難以解決的狀況，就好像抹毒的刀子一樣，要處理的往往不只有傷口。

所以聽到鍾家續似乎沒有這層顧慮，多少還是讓阿吉鬆了一口氣，畢竟如果真的有除了傷口之外的傷害，就目前的狀況，阿吉還真不知道該怎麼辦才好。

過去還有陳憶玨的父親陳伯，可以專門對付這類傷害，不過如今陳伯已經不在了，阿吉一時之間還真不知道該找誰來處理這種狀況。

所以聽到鍾家續只有外傷，真的讓阿吉感覺到慶幸。

「那麼，」阿吉問：「他們幾個真的就乖乖待在醫院了嗎？」

「勉強啦，」陳憶玨白了阿吉一眼說：「雖然你的寶貝徒弟跟她的朋友頗有微詞，而且至少已經三度要求要跟我見面，想談談現在的狀況，不過我不想給他們太多刺激，就暫時先冷處理。」

阿吉聽了點了點頭。

「不過，」陳憶玨說：「如果我們要把他們轉移到別的地方，他們很可能不會乖乖就範。」

「我知道，」阿吉點了點頭：「我想等鍾家續的傷勢好一點，去見見他們，然後好好跟他們談一談。」

關於這件事情，阿吉也確實考慮過。

現在鍾家續有傷在身，如果自己貿然現身，很可能會因為激動、緊張的關係，讓他的傷勢惡化。畢竟上次雙方見面的時候，場面不是很好看。

所以如果想要跟三人好好談談，還是等鍾家續傷勢好一點再說。

「就像我昨天說的，」阿吉接著說：「我們在跟他們好好談談之前，還是需要先解決地點這件事情。」

「對，」陳憶玨回應：「你說最好是可以直接監視到往來的道路，幾乎都要在郊區才有可能吧？」

「嗯，」阿吉說：「如果出入口太多，實在很難面面俱到，事實上，我是有個理想的場所，可惜的是……」

阿吉突然停下來，因此陳憶玨挑眉問道：「可惜的是？」

「那個地方對方已經知道了，」說到這裡阿吉望向站在一旁靜靜聆聽兩人對話的玟珊身上：「而且襲擊過那個地方。」

當然，阿吉這時候說的正是鄧家的廟宇。

一來位處郊區，二來比起其他地方，屬於附近的制高點，想要掌握周圍的狀況，真的是一目了然，最後就是通往廟宇的道路只有兩條，比較單純。

綜合這些要素，確實很符合阿吉認為的理想地點。

不過確實跟阿吉所說的一樣，唯一的缺點就是對方已經襲擊過那裡，如果可以的話，阿吉當然希望找個對方壓根不知道的地點。

畢竟阿吉的目的，不是把眾人當作魚餌，而是希望他們可以遠離風暴。

因此鄧家廟光憑這點，就絕對不算合適的藏身場所。

「所以這個地點方面，」陳憶玨說：「可能還需要找一下，給我幾天的時間。」

就兩人來說，目前最重要的事情，當然就是先讓鍾家續、曉潔等人，有個可以棲身的場所。如果可以順利把他們三個人安置在某個地方，不只有保護他們的安全，如果那些人真的又想動他們，阿吉與陳憶玨這邊，還有機會可以把他們一網打盡。

事實上，這也是陳憶玨所打的如意算盤，不，說得更明白一點，她已經這麼做了，在那對姊弟出現在么洞八廟之前，陳憶玨就已經讓人守在么洞八廟外了。

「不過，」有鑑於有此經驗，陳憶玨說：「如果想要真正保護他們，我會需要你的幫助，因為么洞八廟的時候，我們根本完全對付不了他們。」

「嗯，」阿吉點了點頭說：「雖然說詳細的情況我不太了解，不過我想到了幾個辦法，如果他們用的真的是什麼術法的話，說不定可以破解看看。」

雖然這些狀況對阿吉來說也是前所未聞，不過如果將鬼王派擅長的那些伎倆計算下來，應該八九不離十會跟操控小鬼脫不了關係。

最後阿吉把自己實際上的計畫，以及對那個藏身之所的要求，全部告訴陳憶玨。

陳憶玨專心地聽，並且還拿本子把這些重點記下來之後，兩人又閒聊了一會，她才離開。

接下來幾天的時間，陳憶玨找到了一個理想的地點，而阿吉也立刻帶著玟珊前往查看、布置。

等到一切都準備妥當後，就等於有了一個地方，至少可以讓曉潔、鍾家續等人，有個暫時可以避開這場風暴的場所。

更重要的是那個地方夠大，就連么洞八廟的工作人員，何嬤、阿賀等人，也可以前去跟曉潔他們會合。

接下來就是要說服鍾家續等人，接受警方的安排，乖乖從醫院轉移到那個地方去了。

為了達成這個目標，阿吉跟陳憶玨也約好了時間，準備在某天的晚上，趁著阿吉清醒，前往醫院與三人會面。

不過不管是阿吉還是陳憶玨都沒有想到，就好像電影《侏羅紀公園》的那句經典台詞一樣，生命會自己找到出路。曉潔、鍾家續等人，從來都不打算，把自己的性命交託到別人手上。

對於未來，不管是曉潔、鍾家續還是阿吉，都有各自的盤算。

或許這點打從一開始就已經注定了，任誰都沒有辦法真正決定自己的路，而這也就是命運最真實的一面。

第4章·訣別之路

1

在醫院待了幾天，鍾家續的身體逐漸恢復。

原本蒼白的臉色，也隨著這幾天的休養，恢復了些許血色。

鍾家續的傷勢漸漸好轉，不過現實的情況卻感覺越來越糟。

原本看鍾家續沒有事了，曉潔等人也打算先回家一趟再說，誰知道現在也沒辦法回家了。警方強硬地將她們留下，甚至還送了換洗衣物給曉潔、亞嵐。

面對警方強橫的作為，就連曉潔跟亞嵐都感覺到不可思議。原本還說她們可以自由選擇，但現在卻一改先前的態度，說什麼都要把三人留下來，這更讓三人覺得情況可能遠比他們所想像的還要糟糕。

畢竟這是個法治社會，警方如果沒有半點依據，應該也不至於這麼做才對。

不過先不管三人的意願如何，也不管這樣的做法到底對不對，三人目前終究還是受制於警方的「保護」。

更重要的是，就算兩人真的可以爭取到離開的權利，鍾家續目前的狀況也還不能離開，到時候兩人說不定就真的再也沒有辦法見到鍾家續了。考量到這點，也覺得不能就這樣置鍾家續於不顧。

經過了幾天，三人逐漸冷靜下來，慢慢接受眼前的現實。

畢竟他們也知道，警方不可能將他們留在這裡一輩子，終有一天他們得要面對三人的質問，反之亦然。

不過就目前來說，三人並沒有什麼真正不可告人的罪行，因此這時候自亂陣腳似乎完全沒有意義。

問題就在於警方這麼做的目的到底是什麼？或許這才是他們三人真正想要搞清楚的。

雖然曉潔心中有幾個可能的答案，但是真正的答案，恐怕也只有當警方準備好偵訊三人時，才能真正揭曉。

因此這幾天能做的，大概就只有讓鍾家續繼續好好養傷。

這天下午，幾個護理人員在警方的陪同下，幫鍾家續的腹部換藥。

從護理人員的眼神與態度看起來，三人已經被當成了八卦的對象，不過很顯然他們也不知道到底是怎麼一回事。

像這種戒護就醫的情況，相信對醫院來說，並不算是罕見，不過從醫護人員的表情看起來，就連他們也應該沒看過三人一起被軟禁在病房裡。

或許……曉潔冷靜地想了想，警方可能知道的，比自己想像的還要多。

就好像當初因為出現在命案現場，而被警方帶回偵訊時，那個負責偵訊自己的陳憶玨檢察官一樣。

當時陳憶玨所問的問題，確實都讓曉潔感覺到驚訝，她從來沒有想過，檢警竟然會對鍾馗派的狀況，有那麼深入的了解。

如果是陳憶玨檢察官的話，那麼似乎也不需要那麼驚訝了，畢竟天曉得她到底知道些什麼。

然而如果說是在幾年以前，那時候鍾馗派各派都還各有傳人的時代，或許曉潔也不會這麼驚訝，畢竟身為檢察官，如果想要調查的話，只要詢問各派的人士，可能多少都可以得到一些情報。

但這些案件都是在J女中決戰之後才發生的，檢察官要介入，當然是在案件發生之後，換句話說，當陳憶玨接到這些案件時，鍾馗派幾乎已經滅亡，只剩下自己一個人而已。

那麼，她對鍾馗派的了解，到底又是從哪裡來的？

想到這裡，曉潔突然發現這個關鍵，她一直都沒有想過，陳憶玨到底是怎麼對鍾馗派的事情那麼了解的，這可不是上網 Google 一下就會出來的情報。

在現在知道阿吉還活著的此時，或許她有機會可以找上阿吉，可是當時她很顯然並不知道阿吉還活著這件事情，不然也不用問自己。

換句話說，答案只有一個了。

想到這裡，曉潔沉重地閉上眼睛，驚訝自己為什麼沒有早點發現這個重要的線索。

此刻曉潔的腦海裡，浮現的是陳伯的臉。

陳伯生前被鍾馗派的人尊稱為「醫師道長」，身兼道長與醫生雙職，那麼陳憶玨會不會是「檢察官道長」呢？

當然，這個想法沒有半點根據，不過至少有一件事情曉潔可以確定，那就是陳憶玨對鍾馗派的了解，絕對不是因為調查這些案件時才查出來的，而是在接觸這些案件之前就已經知道了。

如果是這樣的話……那麼陳憶玨檢察官的立場，也讓曉潔感覺到不安。

陳憶玨檢察官，到底是敵還是友？如果她真的是所謂的「檢察官道長」，那麼到底是鍾馗派的道長，還是鬼王派的呢？這點說不定才是三人現在最需要釐清的。

就在曉潔這麼想的時候，換藥的工作告一段落，醫護人員先行離開，然後負責看守三人的員警也準備走出病房，亞嵐又再度抗議。

「這是妳們自己的選擇，」員警再度打官腔：「而且我們現在是在『保護』你們。」

丟下這句話後，員警頭也不回地離開病房。

「還保護我們咧……」亞嵐不自覺地白了病房門口一眼：「如果他們真有那個能力，就不會在那天讓那對姊弟給逃了。」

聽到亞嵐這麼說，鍾家續皺起了眉頭。

「他們兩個，」鍾家續看著自己的腹部說：「是怎麼逃的？」

鍾家續對倒下後發生的事情完全沒有印象，因此聽到亞嵐這麼說自然也覺得好奇。

由於兩人都明白，對鍾家續來說，只要提起那對姊弟，可能會讓他感覺難受，所以兩人在鍾家續清醒後，也可以說是刻意不提，所以直到現在，鍾家續都不知道那對姊弟是怎麼逃出去的。

本來鍾家續還以為兩人是在警方趕到之前逃離，這時候聽到亞嵐這麼說，似乎是在警方趕到之後才離去的，這不免讓鍾家續好奇了起來，到底那對姊弟當時是怎麼逃離的。

既然鍾家續已經問起，那麼兩人也沒有必要刻意隱瞞他，於是她們就把當天兩人從警察面前大搖大擺地走出門口的情況，告訴了鍾家續。

鍾家續聽完之後，沉下了臉，單純就反應來說，比起當時兩人的訝異與不可置信，鍾家續要冷靜得多。因為就理論上來說，鍾家續也知道可能可以辦得到，不過實際上他也沒試過。

畢竟知道是一回事，但要實際上用出來，又是另外一回事。

如果可以控制魅或是惑，那麼要做出這樣的事情，絕對不是不可能。

但要做到這種地步，雖然鍾家續沒有試過，可是他完全沒有信心自己可以做得到。

一想到這裡，又讓鍾家續沉痛地閉上了雙眼。

想不到那個比自己小上好幾歲的國中小屁孩，竟然已經遠遠超過自己，再次感覺到這個差距，雖然已經比之前還要好受一點，不過還是讓鍾家續感覺到難過。

看到這樣的鍾家續，還是讓曉潔的心整個揪在一起。

「別急，」曉潔拍了拍鍾家續的肩膀：「等你傷勢復原，我們追得上的。」

雖然曉潔嘴上這麼說，不過相同的疑問，卻不約而同地浮現在三人的心中。

魔悟之路，真的有那麼神奇嗎？

畢竟三人目前都沒有親眼看過魔悟讓人產生的變化與成長。

雖然在J女中決戰時，曉潔看過魔悟後的阿畢，不過先前的阿畢到底有多強，曉潔根本不知道，在缺少比較的情況下，不可能知道那成長的幅度有多少。而且，就算對阿畢有用，對鍾家續不見得有那麼大的效用。

說到底阿畢再怎麼說，也是鍾馗派的弟子，但是鍾家續，卻是出生就已經是鬼王派的人了。

會不會其實效果真的很有限？

雖然有這樣的疑慮，但是不管怎樣，這都是三人唯一可以下的賭注了。

因此即便內心對魔悟的效果有點不安，三人都很有默契地不說出口，不想讓這樣的不安，渲染到彼此身上。

就這樣，雖然決心踏上那條禁忌之路，但不管是曉潔還是鍾家續，對於這條路到底能夠帶著三人到哪裡去，是不是真的能夠打開一條生路，都保持著高度懷疑。

2

仔細回想起來，那對姊弟襲擊么洞八廟的事件，警方這邊的行動，確實有些地方很可疑。

首先是警方趕到的時間，實在快得離譜，就算是附近的鄰居看到了通報警方，警方竟然在短短十分鐘內就趕到，讓三人感覺過分迅速。

警方的出現，等於間接救了鍾家續一命，所以三人一開始也沒多想，但如今回想起來，確實有點快得離譜。

再來就是關於那對姊弟逃跑的情況，員警一開始確實有看到那對姊弟，並且還出言阻止他們，然後那弟弟不知道搞了什麼鬼，他們就眼睜睜看著兩人離開了。

就這樣又過了幾天，鍾家續已經可以下床了，由於現在三人的行動完全遭到限制，所以就算要踏上魔悟之路，也只能等到三人離開醫院再說。

因此這幾天，鍾家續腦海裡，便反覆琢磨著這對姊弟離開的方法。

一開始聽到時，鍾家續直覺的想法，就是控制那些靈體，去做這些事情。

不過後來鍾家續想到，自己在跟那個小鬼對打的時候，曾經開過眼，當時並沒有看到靈體，而且就他們離開時的狀況，也沒有召出靈體的動作，因此鍾家續認為應該不是自己最初所想的那樣。

除了控制靈體外，鍾家續還有想到另外一個辦法，不過這個辦法，就連鍾家續都不太清楚，可能需要多加琢磨與實驗一下。

雖然說那天去找曉潔時，大部分的東西都跟著戲偶，一起收在台北轉運站的保管箱裡，不過鍾家續還是有隨身攜帶一些符鬼跟符。

在跟那名少女鬥鬼時，雖然失去了三人聯手收服的紅衣小女孩，不過大部分的符鬼都還在，其中不乏有些魅與惑。

所以如果想要研究的話，或許也可以用這些符來試試看。

以前就聽過父親鍾齊德說過，這些符鬼多少都有些基本特性，像是縛靈擅長牽制敵人，餓靈擅長騷擾敵人等等。不過這些多半都是將這些符鬼召喚出來之後，才能夠發揮這些效力。然而，在不將這些符鬼召喚出來的情況之下，似乎也有些方法，可以讓這些符鬼發揮出他們最擅長的能力。

換句話說，就是將這些收有符鬼的符，當成一般的符籙來使用，如此一來，每個符鬼都有些不同的效果。

這就是鍾家續猜測的辦法。

可惜的是，大部分這些符籙的使用辦法與效果，都已經失傳，就連鍾家續都僅知道其中少數幾個用法而已。

雖然大體上來說，就跟平常使用符籙差不多，不過可能需要實驗一下，才有辦法得知有什麼樣的效果。

因此鍾家續反覆詢問，關於那天那對姊弟的行動，就是希望可以多少得到一點提示，說不定自己也能找到一些辦法。

不過對於這點，曉潔跟亞嵐當然不能理解。

「為什麼……你要一問再問啊？」

雖然不至於到不耐煩的地步，不過對於鍾家續仔細到連他們的一舉一動，都希望可以鉅細靡遺地的了解一切細節，讓亞嵐感覺到不解。

鍾家續這才解釋給兩人聽。

「所以……你也可以跟他們一樣，讓人視而不見？」曉潔聽完之後問道。

鍾家續點了點頭說：「只要能夠了解他們是怎麼做的，我相信我應該也可以，不會太過困難才對。所以我才需要妳們更仔細地告訴我，他們到底有什麼樣的舉動，我大概就有機會可以推測出該怎麼做。」

「只要模仿他們的動作就可以了？」曉潔不解。

「當然不是要模仿他們的動作啦，」鍾家續苦笑：「而是有一些準則，該怎麼說，用這些符鬼的方法，其實都有些大同小異的地方，所以如果可以了解到他們的動作，我大概可以推測出該怎麼做，這種感覺其實挺難形容的……」

曉潔似懂非懂地點了點頭。

「我知道，」亞嵐則是有感而發地說：「就好像我們看日文的漢字一樣，其實很多字我們都認識，那些字的意思其實有些也很類似，所以多少猜得出是什麼意思，這樣的感覺吧？」

鍾家續聽了笑著點了點頭：「嗯，多少好像那種感覺。」

當然，實際上的情況，曉潔跟亞嵐也沒辦法說真的很了解，因此也只能照著鍾家續的意思，兩人甚至一個假裝警員，另外一個假裝那個弟弟，實際地表演給鍾家續看，看看能不能幫助他推敲出辦法。

而就在鍾家續推敲著辦法的同時，警方這邊也有了動作。

原本應該只有兩人輪班守在門口的警方，如今加派了四個人，還進一步將這條走廊的病房淨空，等於將這一區都封鎖。

看到警方越來越緊繃的態度與氣氛，真的讓曉潔等人感覺到不安，同時也感覺到難以置信。

都已經是什麼年代了，竟然還有這種事情？

待在醫院已經那麼多天了，警方卻一點交代都沒有，什麼可以打通電話回家，或是請律師的權利等等，都完全沒有提及，有的都是些打官腔的回應。不是說什麼這是妳們自己的選擇，就是說什麼這是為了保護三人的安全云云。

聽到這些回答，如果不是因為鍾家續的傷勢還沒復原到可以自由行動的地步，曉潔跟亞嵐說不定早就跟警方吵翻天了。

畢竟要吵架，有時候也是需要看一下時機的。這裡是醫院，加上鍾家續還需要休養，鬧下去，可能對雙方都沒什麼好處，因此兩人也只能暫時隱忍，等待時機。

雖然，傷口目前沒有大礙，不過只要稍微動到一下，就會感覺到一陣刺痛。

在身體健康時，都不知道原來腹部的肌肉，是這麼重要的組織，等到現在受傷了，才深深體認到腹部肌肉的重要性，不管做什麼動作，幾乎腹部都會感覺到刺痛，更別提咳嗽了，一咳整個腹部就好像被人重重地打了一拳一樣。

但即便如此，鍾家續還是強忍著痛，勉強站起來，模仿著剛剛從兩人那邊聽到當時那個弟弟的模樣。

只見鍾家續將手放在自己嘴邊，然後好像對著看不見的人說話一樣。

曉潔跟亞嵐在一旁，看著鍾家續做出宛如默劇般的姿勢，也不免笑了出來，不過看鍾家續一臉認真的模樣，讓兩人也只能抿著嘴，盡可能不笑出聲。

「妳們有看清楚他的手嗎？」鍾家續問。

兩人搖搖頭，那天雖然不到深夜，不過夜幕低垂，加上雙方又有點距離，所以看得不是很清楚。

「不過……」亞嵐這時候突然想到了，當時那個弟弟的手勢，似乎確實有點不太一樣：「手腕的地方，好像不太自然。」

「是不是像這樣？」鍾家續聽了，轉了自己的手腕，並且將中指向內曲，看起來就好像擺出什麼指印一樣。

「對！很像這樣，不過手指的部分我沒看清楚，但手腕確實像你這樣不自然的向上……其實有點……嗯，裝模作樣的感覺。」

當然，鍾家續會擺出這個手勢，大概也猜到了一些，雖然還不清楚怎麼做，不過肯定不是故意裝模作樣。

現在大概猜到了，反而讓鍾家續臉上露出了苦笑。

「怎麼啦？」曉潔問：「這個手勢有什麼意義嗎？」

「沒什麼，」鍾家續說：「只是我以前就一直在想，這個持符的手勢……到底要拿來幹嘛。可是，連我爸也不知道。」

如果把曉潔她們所見到的情況，以及最後產生的效果結合起來，鍾家續終於恍然大悟，也了解了這個手勢真正的用途。

好不容易將自己過去的記憶與所學，跟現實結合在一起，搞清楚手勢的用途，卻讓鍾家續不免心生感慨。

「……這還真是殘破不堪的技藝啊。」鍾家續有感而發。

只剩下個手勢，卻完全不知道用途，就是鍾家續從自己父親傳承而來的技藝，正如他所感慨的一樣，只有殘破不堪可以形容了。

然而不管鍾家續如何感慨，從某個角度來說，這正巧反映出鍾馗祖師所傳承下來的鍾馗、鬼王兩派最血淋淋的現況。

不管是鍾馗還是鬼王兩派，都存在著很多東西，早已經忘記了過程，只剩下最後的一點結果。

後人也不知道其所以然，就只能強記下這些東西，並且將之傳承下來，期盼著未來有一天，有個後人可能突然開竅，到時候那個後人可以讓這個的技藝復活、甦醒。

正是抱持著這樣的期待，所以才會死記這些口訣或訣竅並傳承下去，即便這些口訣跟訣竅早就已經不能使用。

這種情況就好像溺水的人，抱著一塊浮木一樣，在海上漂流，然後等待著，像呂偉或是劉易經那樣的天才，讓這些口訣、訣竅，有重見天日的一天，宛如路過的船隻，將整個門派打撈上岸，從此再放光明。

不然就像是鍾家續這樣，雖然不是什麼橫空出世的天才，但靠著機緣巧合，還是有了些許領悟。

感慨完了之後，鍾家續向兩人解釋了一下自己的猜想。

「這個手勢，」鍾家續將手勢比給兩人看：「可以用來夾符，這是以前我爸教我的，至於這麼夾符有什麼意義，我爸就不知道了。」

兩人模仿著鍾家續，比出了手勢，看起來確實有點怪異。

「不過，」鍾家續說：「我猜那個小鬼，應該就是用這樣的手勢，夾了張魅符或者是惑符，透過那張符，魅惑了那些警察，讓他們視而不見。」

「這麼神奇？」亞嵐挑眉。

「理論上，」鍾家續說：「應該是可行的，雖然我過去從來沒有試過……」

鍾家續繼續向兩人解釋，曉潔跟亞嵐才知道，原來收服了這些靈體的符，有各種不一樣的用途，不單單只有可以召喚出這些小鬼而已。

「這個在我們這一派，」鍾家續說：「稱之為『符印』，每張符所能發揮的力量，都不一樣，不過大部分都跟他們本身靈體的力量有關係。」

「所以，」亞嵐摸著下巴說：「魅與惑的符印，就是可以讓人家這樣看不到眼前的人？」

「其實我也不知道。」鍾家續皺著眉頭說。

「啊？」

「傳到我這一代，」鍾家續臉上流露出些許無奈：「所謂的符印，只是一種稱呼而已，只知道個理論，但實際上該怎麼做，或者有哪些效果，都不是很清楚。是因為聽到妳們說的，我才聯想到這裡。」

聽到這裡，曉潔不免聯想到過去的鍾馗派。

聽阿吉說過，過去的鍾馗派，就是因為口訣缺漏，而導致整個門派都積弱不振，就連所謂的鬼王派，也是為了挽回這樣的頹勢，才誕生出來的。

然而，曉潔卻十分幸運，避開了那樣的年代。

打從與阿吉相識，進而接觸到的鍾馗派，已經在呂偉道長和劉易經等人才輩出的情況下，多少挽回了一點榮光。

更重要的是，因為曉潔說穿了根本就是透過阿吉才認識了鍾馗派。而阿吉本身擁有呂偉道長的傳承，補足了原本口訣的不足，加上本身逆天般的操偶技巧，讓曉潔一點都感受不到所謂的「積弱不振」。

所以當年在J女中，看到所有鍾馗派道士竟然為了口訣，做出那些殘暴的行為，曉潔一直都感覺難以置信。

如今，看到了鍾家續的情況，多少也感受到這樣的心情。

或許從這個角度來說，曉潔反而是個特例，她根本沒辦法體會這些年一路走來，身為鍾馗派道士們的內心痛苦吧。

相反來說，對於這點，鍾家續絕對深有體會。

「之所以稱為符印，」鍾家續接著說：「就是因為每張符，都需要對應正確的口訣與手印，才能夠發揮效果。想當初……我之所以一直跟我爸吵著要出門，有一部分也是為了這個目的。只要能夠多收一些符鬼，自己就可以做些實驗，說不定就能夠讓這些符印，成為值得傳給下一代的東西。」

說到這裡，鍾家續的臉色又顯得低沉了。

「現在試試看也不遲啊！」一旁的亞嵐拍了拍鍾家續的肩膀說：「我們就來試試看吧？」

鍾家續點了點頭。

既然決定試試看，就需要使用到這些符，因此鍾家續將自己隨身攜帶的符鬼拿了出來。

從效果來說，應該是用魅或者惑，鍾家續從符裡，挑出了幾張魅符。

這些符鬼都是先前與曉潔、亞嵐在山上抓到的，由於山區魅靈多，所以收穫也不少。

鍾家續拿起了一張魅符，將符穿插在指間，真的宛如扣了個指印一樣。

「兩位，」鍾家續看向曉潔與亞嵐尷尬地說：「我可能需要一個實驗對象。」

「會不會有什麼副作用？」亞嵐瞇著眼睛問。

「雖然我沒用過，」鍾家續說：「不過應該不會持續太久吧？」

亞嵐與曉潔互看一眼，最後亞嵐聳了聳肩，點點頭，自願擔任實驗對象。

亞嵐走到鍾家續的面前，鍾家續先深呼吸一口氣，然後因為腹部的疼痛，皺了一下眉之後，向亞嵐點了點頭，亞嵐也點了點頭回應，實驗正式開始。

鍾家續唸了幾句咒語般的口訣，然後將持符的手在亞嵐面前舉著，接著將嘴靠在符邊，整個動作看起來，就好像要跟亞嵐說悄悄話一樣。

在一旁看著的曉潔心想，如果考量當天的天色與視線，加上雙方的距離，現在鍾家續所做的動作，確實跟那個弟弟一模一樣。

看到鍾家續模仿出幾乎一模一樣的動作，而且是第一次就做得如此完美。

想起當時跟阿吉學操偶時，自己明明看了他的動作，也感覺應該沒問題了，實際上去做才發現，自己的模仿能力沒有那麼好，總是有些地方怪怪的，但鍾家續卻是那種，別人跳過一遍的舞蹈，如果想學的話，很快就能做出一模一樣的動作，讓曉潔不免也讚嘆起鍾家續的模仿能力。

鍾家續在亞嵐的耳邊，說出那句在電影《賭聖》裡面，蔚為經典的台詞——「你看不到我。」

反覆說了幾次，好像天使的呢喃般，就連鍾家續自己都覺得有些許的荒唐，懷疑這樣真的有效嗎？

說完了幾次之後，鍾家續退後一步，兩人一起凝視著亞嵐。

亞嵐則站在原地，看起來有點出神。

「如何？」曉潔問：「有效嗎？」

被曉潔這麼一問，亞嵐回過神來，望向曉潔。

「什麼東西有效嗎？」亞嵐一臉疑惑。

「啊？」曉潔跟鍾家續異口同聲地張大嘴。

「妳看得到我嗎？」鍾家續問。

但亞嵐卻充耳不聞，只是一臉狐疑地看著曉潔。

「妳有看到鍾家續嗎？」曉潔補問。

「鍾家續？」亞嵐訝異：「他有在這裡？」

亞嵐這麼說的同時，四處張望了一下，視線也沒有刻意避開鍾家續，但卻彷彿真的沒有看見一樣。

雖然說，平常的亞嵐確實古靈精怪，常常會跟人開玩笑，不過此刻看起來，似乎有點嚴肅認真，半點也沒有開玩笑的模樣。

意識到實驗彷彿成功了，曉潔立刻看了一眼時間。

又抬頭看了一下沒有看到鍾家續的亞嵐，她側著頭露出好像有點疑惑的模樣。

鍾家續跟曉潔也不再多問，而鍾家續則靠到曉潔身邊，跟著曉潔一起看著手機上的時間。

時間一秒一秒過去，過一會，彷彿感覺到頭有點暈，亞嵐搖了搖頭，然後雙眼直直盯著鍾家續，發出了「啊！」的一聲。

「我看到了。」亞嵐說。

整個過程大約持續了三十秒左右。

雖然說已經多少猜到，可能持續的時間沒有辦法很長，不過短到三十秒，還是讓鍾家續跟曉潔覺得真的太短了。

實驗算是成功了，回過神來再度看到鍾家續的亞嵐，向兩人描述剛剛的情況。

「感覺有點奇怪，」亞嵐說：「不只單單沒有看到鍾家續，而是腦袋裡，真的有點渾渾噩噩的感覺，該怎麼說，不能說完全沒有這回事，應該……應該有看到但是卻視而不見，哇，真的很難形容剛剛的感覺。」

曉潔跟鍾家續聽到亞嵐的形容，不自覺地皺起了眉頭。

不過，此時亞嵐卻緩緩地浮現出笑容，讚嘆地說：「剛剛那感覺真的好酷。」

兩人聽了不免苦笑搖頭，畢竟對一般人來說，這種感覺應該很不好才對。

但亞嵐卻因為這經歷感覺很神奇，甚至還要求再來一次，拗不過亞嵐的要求，鍾家續只好再來一次。

正準備再唸的時候，鍾家續突然看了一下自己的手，然後手一攤，搖了搖頭說道：「這張符不能用了。」

兩人湊上前一看，原本符上面應該清楚地寫著符文，這時卻糊成一團，什麼字體都看不見。

「哇，」亞嵐讚嘆：「你的口水也太毒了。」

「當然不是因為口水，」鍾家續白了亞嵐一眼：「是這張符廢了。」

鍾家續將符揉成一團，轉念一想挑眉說：「而且就算真的是濕了，那也只是口水多而已，哪來的毒啊？」

鍾家續說完之後，三人相視了一會，都忍俊不住笑了出來。

雖然說這不是什麼好笑的笑話，但這一笑也反映出三人的心境，總算稍微輕鬆了一點，而這也是三人待在這間病房中，第一次露出笑容。

亞嵐與曉潔就不用說了，光是對鍾家續來說，至少在真正踏入魔悟之路前，也算是追上了一點點，勉強算得上是可喜可賀。

雖然只是淡淡的一個笑，但不可否認的是，這真的讓鍾家續心中原本厚重的陰霾，此刻也像是烏雲密布的雲層中，射入了一道陽光一樣。

他呼了一口氣，走到垃圾桶旁，將揉成一小團的符，去入垃圾桶中。

「如果我們利用這個……」這時亞嵐說：「應該可以逃得出去吧？」

兩人一起望向亞嵐，臉上都露出了微笑，緩緩地點了點頭。

看到兩人的反應，亞嵐也張大了眼，笑著點點頭。

確實，如果鍾家續也可以如法炮製，那麼肯定也可以跟那對姊弟一樣，從警方的眼前離開。

不過鍾家續很快就收拾起笑容，因為他很清楚，還有一個很大的問題。

「別開心得太早。」鍾家續無奈地搖搖頭，然後將符全部攤在桌上：「因為我只剩下四張魅符。」

「四張……兩分鐘。」亞嵐臉上的笑容也逐漸消失。

曉潔算了一下之後，皺著眉頭說：「如果只是穿越走廊，應該綽綽有餘吧？雖然鍾家續可能現在沒辦法正常行走，不過兩分鐘……應該可以吧？」

鍾家續沒有出過病房，也不知道走廊有多長，因此只能聳聳肩。

「等等……」亞嵐沉下了臉。

如果要說到應用這個方面，亞嵐確實是三人之中最突出的，曉潔才開始想，亞嵐已經在腦海裡模擬出實際上可能遇到的狀況，因此也很快就知道真正的問題癥結所在。

「三十秒，從出門到走到走廊盡頭，」亞嵐一邊說一邊比著走廊：「以目前鍾家續的狀況來說，有點難度。尤其是如果動作太大的話，傷口萬一裂開，到時候情況只會更糟糕。」

「不過我們可以用第二張啊。」曉潔說。

「是可以，」亞嵐說：「不過我們一旦現身，對方追上來的話，我們即便用了第二張，也只是多了三十秒的時間，以目前鍾家續的狀況來說，加上外面不知道還部署了多少警察……」

聽到亞嵐這麼說，曉潔也聽出問題所在了。

「換句話說，」亞嵐說：「我們應該計算的是，三十秒內，需要完全消失在他們的視線範圍外，才可能真正逃得掉。」

確實情況就如亞嵐所說，如果沒有辦法在時間內逃離，即便用符延長了三十秒，仍舊會被追上，等到四張用完肯定就會被逮到。

經過一番討論之後，三人終於有了結論。

即便有了這個辦法，對三人來說，最理想的情況，就是等到鍾家續的傷勢好得差不多，才有可能順利逃出這裡。

不過，警方真的會等到那個時候嗎？

3

雖然，使用上還有許多未知的地方，像是到底還能夠有多少其他的效果，鍾家續能不能讓其他人也看不見等等，都還沒有辦法確定。

不過因為魅符的數量有限，每花掉一張，都很可能影響到三人逃脫計畫的成敗，所以也不能練習與實驗。

討論後，三人還是決定等到鍾家續的體能恢復到差不多時，再考慮要不要使用這個逃脫計畫。

就這樣過了幾天，鍾家續的狀況確實一天比一天好，看樣子要恢復到可以小跑步的程度，應該頂多只要再一個禮拜就可以了。

而在這段時間，亞嵐跟曉潔只要一有空，就會繼續討論，且演練各種可能遇到的突發狀況，並擬定因應的對策。

這讓亞嵐想到，自己跟哥哥，都很喜歡一部叫《刺激一九九五》的電影。這部經典的電影，講述的就是逃犯越獄的故事，此刻跟曉潔這樣模擬，真的讓亞嵐覺得自己好像電影裡，那個被冤枉殺妻的天才金融從業員一樣，因此讓她很有幹勁。

不過，有別於電影裡，逃脫手段的樸素與踏實，三人卻是完全倚賴鍾家續的魅符，多少還是讓人有點不安。

而且，還有一個最重要的關鍵，關係到三人到底該不該逃跑，就是警方的目的。

雖然說目前還不清楚警方如此將三人強硬地留下來，用意為何，不過如果真的只是想要「保護」三人，儘管很難以置信，不過相對來說，應該也不需要一定要這樣逃跑。

畢竟就算沒有多少法律知識，也應該知道這樣限制三人自由，絕對是沒有半點法律根據。只要抓住這點據理力爭，警方應該也沒有辦法強制扣留才是。

主要還是因為鍾家續身受重傷，不方便移動，才讓曉潔跟亞嵐投鼠忌器，不敢輕舉妄動，兩人恢復自由不難，但下一次想再跟鍾家續會合，恐怕就沒有那麼簡單了，因此兩人才會隱忍至今。

可能是因為時間太多，也可能因為亞嵐的興趣所致，所以在準備逃脫計畫時，光是大方向就已經有兩種不同的狀況。

第一種當然就是見機行事，隨時準備好，看準警方鬆懈的時機，隨時都可以行動。

另外一種，就是主動出擊，主要由三人這邊，誘發各種狀況，引來醫護人員跟警方進入，然後開始行動的狀況。

不管是哪一種，都有各種配套措施，三人各自該負責的行動，也都一清二楚，看起來非常專業，讓鍾家續跟曉潔聽了也只能面露苦笑。

因為亞嵐不只有紙上談兵而已，一有機會，就會來個實戰模擬，除此之外，她也發現醫院的門其實隔音效果不佳，因此如果貼著門板，其實門外的動靜，還算是聽得清清楚楚。

發現這點之後，亞嵐與曉潔幾乎有空就會坐在門邊，小心聆聽門外的動靜。

靠著這樣的竊聽，兩人大致上掌握了員警換班的時間，甚至透過警方的對講機與言談，大概了解了一些部署的情況。

會知道得這麼清楚，多少也是拜這間醫院，不，嚴格說起來應該是這層樓的護理站之賜，護理站裡似乎有位很漂亮的白衣天使，因此警員之間的閒聊與八卦，大多也都繞著這位護理師打轉，讓兩人從中得到了不少情報。兩人甚至知道有三位警員似乎都打算在這個案子過後，好好追求一下那位白衣天使。

就這樣，兩人為了可以掌握警方的行動，幾乎輪班坐在門旁，希望可以先一步得到第一手資料。

就這樣相安無事過了幾天，這天打從早上開始，門外的氣氛就顯得有點緊張。

輪班時間已經過了，但原本應該可以下班的員警，全都留了下來，這讓兩人嗅出一點不尋常的氣息。

後來從對話的內容，大概知道大夥會留下來的原因了，就在今天傍晚，負責的檢察官，似乎就會來醫院。

這對三人來說，一則以喜、一則以憂。

喜的當然就是，從三人進到醫院之後，就一直沒有機會見到檢察官，不管怎麼問，得到的都是官方的答案。如今檢察官到了，三人也終於有機會可以搞清楚，到底警方基於什麼樣的理由，將三人軟禁在醫院病房中。

至於憂嘛，當然就是檢察官來了之後，情況恐怕會有所改變。雖說被限制了自由，不過這幾天在醫院度過的日子，還算是安逸。一旦檢察官來了，最糟糕的情況，可能直接被帶走，關進看守所也說不定。即便三人自問沒有犯過什麼罪，但如今被關在這裡已經是不變的事實，天曉得他們會做到什麼地步。

因此，在得知了這個消息之後，曉潔與亞嵐便一起守在門邊，聽著模糊的對話，希望盡可能多聽一些情報，聽了一個下午，曉潔終於聽到了那個熟悉的名字。

……陳憶玨檢察官。

突然出現的名字，讓曉潔瞬間了解到情況果然朝自己最不希望的地方去。既然出現了這個名字，換句話說，根本就跟什麼一對姊弟襲擊么洞八廟沒有關係了。

簡單來說，陳憶玨檢察官所負責的案件，正是這幾年發生在各地的鍾馗派道士連續殺人事件，換句話說，如果陳檢察官下令，將三人留在這裡，那麼只有一個原因，那就是檢警已經認定，三人確實跟這整起案件有關。

「一切都合理了，」曉潔對兩人說：「我知道他們為什麼會把我們都留下來了，根本就不是為了保護我們。」

兩人看向曉潔。

「還記得我跟你說過嗎？」曉潔轉向鍾家續：「曾經有檢察官問我知不知道鬼王派的下落。」

鍾家續點了點頭。

「那個檢察官就是陳憶玨。」

雖然在心中，早就猜想到他們是衝著自己的身分來的，但真的聽到這個消息，還是讓鍾家續的臉色一沉。

如此一來，也終於解答了三人的疑惑。

不過情況，真的沒有變得比較好。

原本在得知檢察官即將前來的消息，還算是憂喜參半的局面，如今知道這個檢察官，就是陳憶玨，真的把喜完全沖刷掉，只剩下憂的部分。

曉潔也將自己關於陳憶玨的想法，告訴了兩人。

「不過，」聽完之後，鍾家續臉色鐵青，但仍然勉強保持著苦笑：「至少妳們兩個就可以自由啦。」

當然聽到鍾家續這麼說，不管是曉潔還是亞嵐都沉下了臉。

「都到這種時候了，」亞嵐不悅地說：「你何必說這樣的話呢？」

「嗯，」曉潔也是不太高興地說：「我說不定嫌疑比你還要大，我還出現在命案現場過呢。」

想不到自己的一句話，惹來兩人的不滿，讓鍾家續心生愧疚。

「……對不起。」

確實，兩人都已經不顧一切，跑來醫院跟自己一起被關在這間病房中，過了那麼多天，自己還說這些話，確實挺傷人的，因此鍾家續的歉意，也是實實在在的。

在鍾家續的道歉之後，三人間維持了一小段尷尬的沉默。

「就算情況真的跟我們想的一樣，」鍾家續說：「先聽聽看檢察官怎麼說也不遲吧？他們不會立刻有所行動吧？」

「不，」亞嵐搖搖頭說：「這麼說起來，我想到我剛剛聽到的，他們在叫那個晚班的警員，把握機會去約那個護理師，至少要留下 line 什麼的。」

聽到這裡，鍾家續苦笑問：「所以我們應該祝他成功？」

「當然不是這個，」亞嵐瞪大眼說：「從他們對話的感覺，就是因為今天可能是最後一天了，換句話說……」

「他們很有可能打算今天把我們移送到別的地方。」鍾家續點點頭說。

這句話，幾乎等於宣判了三人接下來的命運了。

一旦陳憶玨決定將鍾家續扣押下來，到時候三人真的是插翅難飛了，就算是想要爭，恐怕也沒得爭。

三人沉默了片刻之後，曉潔緩緩地抬起頭。

「既然如此的話，」曉潔一臉堅定地說：「也只能夠用用亞嵐準備好的那些計畫了。」

的確，現在或許對三人最有利的情況，就是想辦法先逃出警方的掌控。

因此，過了一會之後，另外兩人一起點了點頭。

只是曉潔不知道的是，這個決定，即將逼迫自己，踏上那條自己最不想要走上的一條路——一條訣別之路。

4

一般來說，所謂的符鬼，並沒有像動畫或是電影那樣，跟道士之間有什麼契約，畢竟沒有任何靈體，會「自願」成為別人收服的對象。所以一般的情況下，符鬼並不只有收服者才能使用，唯一例外的情況，就是元形之靈。元形之靈的符，只有收服者才能用，就連同是鬼王派的道士們，也不能相互使用。在這種情況下，唯有直接將對方的靈體收服，才能夠為己所用。就如在台南時，那對姊弟的姊姊，奪走了鍾家續的紅衣小女孩。

不過，除了紅衣小女孩外，鍾家續所擁有的魅符，都不是這種特殊的靈體，所以只要有口訣跟手印，就算是亞嵐也可以用，只是時間與效果方面，可能遠遠不及鍾家續與曉潔。

既然已經決定要逃離這裡，三人也立刻開始計畫，只是三人所擁有的時間並不多，因為從對方的交談中，大概可以推知，檢察官會在傍晚時抵達。

商量之後，三人決定在晚餐時行動，醫院送晚餐來的時間，是下午五點。而三人也將兵分兩路，首先是曉潔一個人，拿著兩張魅符，一張用來脫離病房，不過曉潔不會就這樣溜走，而是在走廊盡頭，等到符的效力過後，現身在警察面前，然後將警方的人員引走。而另外一張符，則是用在等到警方的人員確定追上來，引到一定的距離之後，再讓曉潔自己脫困用的。

而鍾家續跟亞嵐一組，也同樣是兩張符，等到曉潔順利引走大部分的警力之後，兩人就會用這兩張符來脫困。

因為現在鍾家續的情況還不能夠跑，所以這樣兵分兩路，確實是三人所能想得到最好的辦法。

等到雙方都脫困之後，再約個地方集合，這就是三人的逃脫計畫。

到了晚餐時間，曉潔就守在門邊，靜靜等待開始的時機。

果然，時間一到，病房的門打了開來，曉潔見狀，立刻上前，用鍾家續教的手法跟口訣，用了那張魅符。

在此之前，對於符的效果，以及曉潔是不是真的可以使用這張符，產生同樣的功效，甚至是符的持續時間等等，就連鍾家續都不是很有把握，一切都是以自己所了解的理論作為基礎。

不過現在三人真的也只能賭一把了。

唸完口訣後，曉潔深吸一口氣，踏出門外。

很快曉潔就知道，符確實奏效了，因為門外的員警，沒有任何人出聲攔阻她，甚至就連看都沒有看曉潔一眼。

相隔多日，終於又踏出病房，讓曉潔精神也為之抖擻。

不過因為她也不確定這符能持續多久，因此曉潔立刻快步跑向走廊盡頭。

對三人來說，最困難的一關，恐怕就是曉潔的這一關了。

畢竟有太多未定之數，就連最基本有沒有效都不敢保證了，因此曉潔離開病房的這件事情，確實是對三人來說最困難的一步。

如今這最難的一步已經跨出去，剩下的就簡單多了。

曉潔來到走廊盡頭，回頭看了一眼，這時候送餐的護理人員，已經離開病房，曉潔趕忙躲到一旁的樓梯間，稍微等待了一會，整個行動花費的時間，絕對在三十秒之內。

在樓梯間稍微喘了口氣之後，曉潔看看時間也差不多了，再度深呼吸一口氣，走出樓梯間。

雖然鍾家續不是什麼重犯，不過部署在走廊的警員，確實也超過曉潔等人的想像，六、七名警員就守在門外，每個面對的方向也都不太一樣，如果不是靠著鍾家續的魅符，恐怕就連蒼蠅都別想飛出去一隻。而且這些警員，也不是只站在原地發呆，雖然平時還是會閒聊，但雙眼還是緊盯著狀況，原本曉潔還在想，可能需要喊一下，他們才會發現自己，誰知道走出去走廊盡頭還沒幾秒，一名員警立刻發現了曉潔。

曉潔一被發現，警方這邊立刻有了動作，其中幾個人大聲喝斥要曉潔不要亂動，不過曉潔當然不可能乖乖就這樣不動，確定警方看到自己之後，曉潔二話不說，立刻轉身跑回樓梯間。

看到原本應該待在病房裡的曉潔，竟然神不知、鬼不覺地溜了出來，警方也亂成一團，眼看曉潔逃跑，所有在場的警員立刻追上前去，只有兩名警員，感覺不對勁，沒有跟上去，轉過頭看了一眼病房。

留下來的警員，衝入病房中，結果讓他們更加意外，病房裡面竟然一個人也沒有，這下兩名警員也驚覺大勢不妙，立刻衝出病房，並跟著其他員警衝到走廊盡頭的樓梯間。

當然這也意味著，鍾家續跟亞嵐這邊的魅符也成功了。

在兩名警員急忙入內查看時，鍾家續就在亞嵐的攙扶下，對兩名警員用了符，並且離開了病房。

兩人沒有走到走廊盡頭，而是在中間轉了個彎，由另外一邊搭乘電梯下樓，避開了那些警員。

雖然說鍾家續沒辦法走快，不過因為所有的警員，都被曉潔引過去了，因此兩人也算是順利地離開了醫院。

曉潔那邊就沒有那麼順利了，由於對醫院不是很熟，加上希望盡可能將這些警員帶遠一點，所以逃入樓梯間時，曉潔選擇向上跑。

由於曉潔知道如果跑太快，讓警員完全看不到自己，反而沒辦法吸引這些員警，因此她還得停下來等一下警員們，確定他們跟上來之後，才能繼續逃。

雙方就這樣彷彿玩著貓抓老鼠的遊戲，一路向上跑了數樓，曉潔眼看自己的體力跟時間差不多了之後，稍微等了一下警員們上前，然後用了最後那張魅符。

等到魅符起了作用後，曉潔立刻奮力跑到另外一頭，接著從另外一邊的樓梯間，一路跑到一樓，也算是徹底擺脫了警方的追蹤。

一切都跟三人所計畫的一樣，不，對曉潔來說，或許實際上實行起來，還比自己想像中更加順利。

鬆了口氣的曉潔，離開了病房大樓，朝著醫院的大門走去，真正的意外，卻在曉潔剛走出醫院大門時發生了。

雖然已經脫離了危險的範圍，不過曉潔的腳步還是很快，也不時回頭看看有沒有警員跟上來，通過大門一個轉彎，險些就與正準備進入醫院的一男一女撞上。

曉潔跳開之後，下意識先道了歉。

「不好意……」

結果話還沒有說完，嘴巴就不自覺地張得好大。

因為她作夢也沒想到會在這樣的情況，以及這個時候，遇上這兩個最不應該碰上的人。

這兩個人正是玟珊與阿吉。

曉潔這邊驚訝，當然玟珊那邊也是訝異萬分，因為此刻的阿吉，還沒有回過神來，仍處於呆滯的狀態中。

加上就玟珊所知，此刻的曉潔應該還在警方的看管下，而不是像這樣大剌剌地走出醫院大門，因此玟珊自然是張大了嘴，驚訝萬分地看著曉潔。

時光在這個瞬間，彷彿停滯了一樣，兩人就這樣張大了嘴，彼此對望。

這個出乎意料之外的相遇，完全打亂了不管是曉潔這邊還是阿吉這邊的計畫。

因為這次的相遇來得太過突然，讓曉潔頓時腦海一片空白，相同的情形也發生在玟珊身上，至於三人之中，唯一一個沒有受到影響的阿吉，此時此刻腦袋本來就是一片空白。

三個腦袋空白的傢伙，就這樣站在醫院大門外。

三人中，第一個回過神來的人是曉潔，她雙眼盯著阿吉，第一個感覺當然就是察覺到阿吉不太對勁，不過以過往的經驗，讓曉潔直覺阿吉又不知道在耍什麼花樣，這讓曉潔頓時感到氣憤。

都已經到這種時候了，阿吉還是跟過去一樣，老愛耍一些讓人不知道該怎麼辦才好的花招。

「你現在又在搞什麼鬼，」曉潔沒好氣地對阿吉說：「有話不能好好說嗎？一定要搞這些花招嗎？」

聽到曉潔這麼說，阿吉仍然沒有半點反應，甚至連正眼都沒有看她一眼，只是愣愣地看著前方。

面對曉潔的質問，讓玟珊這時也立刻反應過來。

「妳是曉潔對吧？」玟珊向旁邊移了一步，多少也擋住了阿吉與曉潔之間的視線：「不好意思，上次沒有辦法……機會，可以好好跟妳認識一下。我叫玟珊……」

當然，對曉潔來說，現在真的完全不是互相認識的好時機，她不耐煩地探頭，試圖想要繞過玟珊直視阿吉，不過玟珊這邊，也跟著調整位置，就好像要保護阿吉不被曉潔看到的樣子。

「是啊，」曉潔不耐煩地說：「上次就是因為阿吉見人就打，才會沒有機會啊，所以我說你到底要裝到什麼時候？」

對玟珊來說，現在這個時候真的也是亂了手腳，完全不知道到底該怎麼應對，因此只能想盡辦法讓曉潔回醫院裡，然後等阿吉清醒後照著原定的計畫，讓他們師徒好好聊聊。

「曉潔，」玟珊好聲好氣地說：「如果妳不介意的話，讓我們回醫院裡，然後阿吉會好好跟妳談談。」

「介意啊！」曉潔瞪大雙眼說：「怎麼會不介意呢？」

好不容易才逃出醫院，現在要曉潔回去，真的是門都沒有。

而且現在有了說話的機會，更讓曉潔的情緒整個就衝了上來。

雖說知道阿吉還活著這件事情，對曉潔來說，真的宛如美夢實現般美好。

但這並不表示，對這段時間，阿吉就這樣瞞著自己這件事情，曉潔一點都沒有怨言。

事實上比起何嬤，說不定對阿吉明明還活著，卻躲起來的這件事情，曉潔恐怕比何嬤還要更火。

而這時玟珊的話，確實點燃了這把火。

「好啊，」曉潔點著頭說：「要談是不是？你倒說說看，這幾年你跑哪裡去了？隨便就把廟丟給我，那是你師父交給你的耶！然後自己……」

說到這裡，曉潔瞄了玟珊一眼，很顯然意思就是「跟這個不知道打哪冒出來的女人躲到哪裡去了」之類的。

「然後突然出現，」曉潔氣憤地說：「不分青紅皂白，就要打打殺殺，你不是要談嗎？說話啊！」

這些年的情緒，一時之間全部引爆。

「知不知道這幾年，」曉潔又氣又難過地說：「我過得多難過？為了你跟你那該死的口訣，我每天每天都要重複背誦，每個禮拜，都還要練習操偶。我不想要啊！你有問過我嗎？自己不知道死到哪裡去，把這些責任都丟給我，你好意思嗎？說話啊！要談不是嗎？」

看著曉潔雙眼發紅，熱淚盈眶的模樣，讓玟珊也感到不捨。

「曉潔，」玟珊試著安撫曉潔：「妳冷靜一點，聽我說，我們這次來醫院，真的是想好好跟你們談，事實上，阿吉他——」

玟珊的話讓曉潔瞬間震了一下，然後開口打斷了玟珊。

「等等，」這時曉潔終於聽出了一個關鍵：「你們……怎麼會來這裡？」

曉潔的問題一提出來，玟珊瞬間發現，自己可能說錯話了，因此一時之間支支吾吾，不知道該怎麼回答。

看到玟珊這模樣，曉潔也懂了，他們會出現在這裡，就是要來找自己跟鍾家續的。

而阿吉他們之所以知道自己會在這裡，只有一個可能，那就是陳憶玨檢察官洩漏了三人的情報給了阿吉。

只要進一步繼續想下去，恐怕那些拘留，還有對付鍾家續等等的事情，也是他們雙方合作之下的結果……

想到這裡，曉潔有種茅塞頓開的感覺，而這恐怕也是第一次，曉潔終於搞懂阿吉此刻在搞什麼鬼了。

阿吉在拖延，目的不是要等陳憶玨，就是要等警方的支援來。

當然，如果理性分析一下，或許可以發現其中是有許多有瑕疵的地方，不過這時候的曉潔，內心的情緒激動萬分，各種不同的感受，同時在心中宛如炸彈般引爆，連保持理性都難，更遑論分析了。

直覺已經給了曉潔最直接的答案。

「要談，」曉潔沉下了臉：「就現在談。」

這是曉潔的最後通牒。

玟珊轉過頭，看了阿吉一眼，此刻的阿吉，還沒能夠回過神。

眼看阿吉還是不願意開口，曉潔這邊當然也不願意繼續拉扯下去。

曉潔恨恨地搖了搖頭，正打算轉身離開，玟珊見狀也慌了，伸出手想要拉住曉潔。

曉潔反應很快，一看到玟珊有動作，便退了一步，保持距離的同時，也有所回應。

雖說入門的時間尚短，不過就連玟珊也知道，如果自己剛剛執意上前，恐怕下巴已經被曉潔踢中，因為這正是魁星七式裡面的招式。

玟珊有點傻了，想不到曉潔真的會動手，伸出的手還凝在空中，尷尬地懸著。

「是阿吉說的，」曉潔冷冷地說：「下次我們見到，就是敵人了。」

說完之後，曉潔猛然回過頭，快步離開。

曉潔走得毅然決然，就是不想在兩人面前示弱，但是走沒幾步，不爭氣的眼淚還是流下來了。

雙方再次相遇，但這一次，仍然沒能夠回復過往的關係，相反地，雙方注定踏上了一條，相反的路，一條雙方都不曾想過會走上的訣別之路。

5

仰頭看著天空，今晚的明月，依舊明亮。

打從J女中的那場決戰過後，所有的白晝，都只存在於記憶，當清醒時能夠親眼看到的世界，都是漆黑的一片，這也正符合了此刻阿吉的心情。

清醒後的阿吉，當然也立刻知道了在醫院大門外的情況。

在沉默了一陣子之後，阿吉只能嘆氣，仰望這片漆黑的夜空。

終於下定了決心，想要跟曉潔、鍾家續兩人好好談一談，卻演變成這樣的結果。

即便是腦筋非常靈活的阿吉，也不知道該怎麼挽回這樣的局面。

情況出乎眾人的意料之外，所以局面也十分混亂，會發生這樣的事情，恐怕是誰都不樂見的。

陳憶玨這邊想不到，警方竟然接二連三的讓人從眼前溜走，雖然不至於到大發雷霆，不過臉色之臭，也是阿吉認識陳憶玨以來看過最差的，就連阿吉都不免同情起那些警察來。

為了釐清三人是如何逃出的，陳憶玨立刻調了醫院的監視器畫面。

阿吉與玟珊跟著陳憶玨到了控制室，親眼看到三人逃跑時的狀況。

情況就如同先前看守所的狀況一樣，警方又是這樣睜眼不見，任憑三人從自己眼前走過去，卻沒有任何人有半點反應。

不過，也因為曉潔的聲東擊西，讓阿吉更加確定，他們應該就是使用了鬼王派的技巧。

這樣的畫面，讓阿吉看得臉色鐵青，自己的徒弟，竟然用了鬼王派的伎倆，並且幫助鬼王派的人，逃離醫院與警方的掌握。

還沒有凝聚出一股情緒前，「邪魔歪道」這四個字不自覺地浮現在阿吉的腦海中。

看了監視器畫面，眾人也終於確定了三人逃跑的方法。

曉潔就跟那些嫌犯一樣，在眾人的面前大剌剌地走出去，一路走到了走廊盡頭，過了一會之後，原本逃入樓梯間的她又再度回頭，這一次她卻很清楚被警員發現，並且將警員全引走。其中幾名警員追上去，剩下的則衝進病房中，過一會又匆忙地跑出來，想必就是沒有看到鍾家續跟亞嵐，所以才會慌了手腳，跟著追上去。

不過在那兩名警員衝進病房時，鍾家續與另外一名女子，已經跟他們擦肩而過，從容不迫地離開。

這些手法，其實跟先前在看守所的情況極為類似。

看完之後，阿吉沉重地閉上了雙眼。

或許已經太遲了，一旦曉潔真的踏上了邪魔歪道，自己又能如何呢？

不過情況演變至今，也不是任何人能料想得到的。

在陳憶玨進行新一波調度之際，玟珊跟阿吉一起來到醫院屋頂，等著陳憶玨收拾殘局。

這段時間，阿吉也在思考著，接下來到底該怎麼做。

這一年的夏天，對曉潔與鍾家續等人來說，是個非常難忘的夏天。

打從暑假的第一天開始，三人就面臨一次又一次的危難。

只是他們不知道的是，這個夏天，不單單只有對他們幾個人來說，是個難忘的夏季，對鍾馗派來說，這恐怕也是門派存亡最關鍵的一個夏天。

這個打從鍾馗祖師創立以來，就一直沒有個正式名稱的門派，如今也即將邁向他們的終焉。

當然如果可以的話，阿吉希望可以勸說兩人，讓他們接受警方的保護。

畢竟現在的情況跟先前已經不一樣了，從鍾家續的行動與傷勢看起來，雖然還不知道這背後的真相到底是怎麼一回事，不過至少鍾家續的清白已經獲得了證實。

在這種情況下，阿吉還是希望可以保護兩人的安危，讓他們遠離這場無意義的風暴。

不過就連阿吉也不敢保證，接受警方的保護對鍾家續來說，是不是真的就安全了。

所以如今有了這樣的結果，似乎也不算是什麼太糟糕的事情。

或許，吉人自有天相，他們這樣逃到不知道人影，也不是件壞事。

尤其是他們擔心被警方找到，自然會小心自己的行蹤，如此一來的話，或許也同時躲避了其他想要追蹤他們的人才對。

所以關於鍾家續跟曉潔那邊的事情，阿吉現在也只能祈禱兩人的平安了。

對阿吉來說，只要能夠找到幕後的黑手，將他繩之以法，就同時等於解決了這一切的問題。

因此這才應該是阿吉這邊，最應該著手的目標。

原本阿吉還以為，對方在接二連三的受挫後，應該會想辦法繼續犯案，只要阿吉跟陳憶玨聯手，抓到這次機會，說不定就可以一舉抓出幕後的黑手。

這也是最後阿吉跟陳憶玨所能想到的辦法。

不過這一次阿吉猜錯了，因為在接下來的幾個禮拜，不但沒有任何跟這起事件有關的案件發生，也沒有任何關於這個案件的線索了。

當然，這對阿吉等人來說，不能說算是個壞消息。

因為如果說那四個人，就是這些案件的兇手，那麼因為他們的死，而讓這些案件告終，也未嘗不是件好事。

不過如果真是如此的話……

那麼那幕後的黑手，也將就此失去下落。

畢竟從四人的狀況看起來，他們四人就算沒有其他的同門師兄弟，也絕對有個師父。

而這個師父恐怕就是策動這一切的兇手，如果他們就此收手，恐怕阿吉這邊也很難找得到他。

這無疑就是縱虎歸山，根本不知道未來他們又會在什麼時間點，做出什麼事來。

只是這種事情，不是阿吉心急就可以有結果的。

現在也只能靜待，看是對方再次有所行動，或者是陳憶玨那邊的調查有所突破，如此而已。

就這樣過了幾個禮拜，一直到了夏天的最後，即將來到暑假的尾聲。

事情也終於有所變化，而這個變化，也即將帶著眾人，來到了鍾馗派生死存亡的最後關鍵時刻。

第5章·天才的實證

1

逃離醫院的曉潔等人，對阿吉或檢警來說，真的就這樣彷彿人間蒸發一樣。

打從暑假之初，一個接著一個意想不到的情況，陸陸續續發生，從阿吉的現身到鍾家續父親鍾齊德的死，最後又出現一對不知道打哪冒出來的鬼王派姊弟。

這段日子，對三人來說，真的可以用驚心動魄、高潮迭起來形容，最後三人還被軟禁在醫院裡，直到逃離醫院後，才總算過上一段堪稱平靜的生活。

或許對三人來說，真正的暑假在逃離醫院之後才正式開始。

原本以為對方會在短時間內再度行動的阿吉，雖然失去了曉潔等人的行蹤，不過卻照著原定計畫，等待著雙方的消息，可惜，一連幾個禮拜過去，都沒有半點消息，不管是曉潔那邊，還是那些歹徒那邊，都沒有半點動靜，就彷彿過去的幾個禮拜這些恐怖的事情，都不曾發生過。

雖然說，這幾個無風無雨的禮拜看似一切平靜，但是實際上，卻是改變最終結果，最關鍵的一段時間。

因為正如曉潔的決定一樣，她決定提供鍾家續口訣，讓他魔悟。

三人在逃離了醫院後，一時之間還真不知道該到哪裡去，不過也就在這個時候，亞嵐想到了一個非常理想的地點。

幾年前，亞嵐有一個堂哥，不顧家裡人的反對，決定要實現自己的夢想，而他的夢想，就是當個自給自足的農夫。原本這一切，都只是一個遙不可及的夢想，他們家也不可能讓他去買塊農地，實現這個夢想。

結果後來亞嵐的祖父去世，家族意外得知祖父留下了一小塊田地，這個夢想瞬間就只差一步之遙，結果亞嵐的大伯實在拗不過那個堂哥，最後跟家族情商，讓他去試試看。

結果堂哥也確實在那塊田地上蓋了間小小的農舍，開始他的農夫生活，結果那段農夫生活還持續不到三個月，堂哥就放棄了。聽伯父說，從小就沒當過農夫的堂哥，連豆芽菜都種不起來。結果那塊農地與那間農舍，就這樣荒廢了。

亞嵐跟他的哥哥，是同母異父的兄妹，因此就連亞嵐的哥哥都不知道這間農舍的事情。

那間農舍位於北投山區，只要走個半小時左右，就可以下山，山下有澡堂與熱鬧的市場，生活機能方面，基本上來說，還算便利，即便無水無電，問題也不大。

由於北投山間有許多知名的溫泉旅館，山間的道路錯綜複雜，就連亞嵐自己當天帶著兩人要找到那間農舍，都花了一整個下午的時間，所以不管是警方還是阿吉，恐怕都沒有辦法找到三人。

既然已經有了安全的場所，接下來就可以開始進行魔悟了。會這麼急著進行，最主要的原因，就是因為目前仍是暑假期間，三人還可以躲在北投山區，一旦開學，不只有曉潔跟亞嵐，就連鍾家續也得回學校，如此一來，很可能就得被迫暴露在陽光底下。

除非三人都休學，不然只要到了學校，按課表上課，不要說警方與那些可能在外面虎視眈眈的鬼王派，就連路人都能輕易掌握三人的行動。

所以三人希望可以在這之前，能夠變多強，就變多強。

雖然說三人沒人知道，魔悟的效果到底能有多好，最後鍾家續到底能吸收多少，不過這也是三人最後的一步棋了。如果連這步棋都沒有辦法走好，那麼還不如自己跑去警局或者是阿吉面前投降，還來得乾脆一點。

只是不要說曉潔與鍾家續了，就連阿吉或者是呂偉道長，恐怕都不是很了解魔悟這件事，甚至就連已經魔悟過的阿畢，都沒有辦法真正了解所謂的魔悟本質到底是什麼。

三人在安定下來後，就正式開始步入這條道路，而鍾馗派的未來，也因為三人的這個決定，有了最關鍵的改變。

雖然三人完全沒有辦法知道，自己的所作所為，將會為這古老的門派帶來什麼樣的影響，不過隨著魔悟的進行，過去許多無法理解的事情，意外一一透過魔悟而有了完全不同的了解，這恐怕也是鍾家續與曉潔，完全沒有想到過的事情。

2

鍾馗祖師爺生前共有七名弟子，這個數字多少也影響了後世。

在那之後，不管是鍾馗派，乃至於後來分出了鬼王派，大部分的師父，也都會收六到八名弟子。不管哪個時代，都將收七名弟子，視為最理想的傳承人數。

像呂偉道長這樣終生只收一名弟子，在很多名門正派的眼裡，不只是特例，還有點特立獨行的感覺，甚至到了可以讓人在背後指指點點的程度。

不過會有這樣的人數，其中最主要的原因就在於口訣實在太過龐大，因此要找到一個真正可以從頭背到尾，沒有一個字錯誤的弟子，真的太過困難，因此像這樣收了多名弟子，多少也分擔一點責任，在保護口訣不流失的目的下，起了很大的作用。

雖然說後來因為口訣的缺失，少了很多需要記憶的部分，但是許多鍾馗派或者是鬼王派的道士，還是遵循了這樣的傳統，以收七名弟子為基礎。

回到祖師鍾馗親手傳授的這七名弟子身上，在鍾馗派的歷史上，這七名弟子所代表的，正是鍾馗派的第二代。

幾乎所有鍾馗派的弟子們都知道，第二代就是鍾馗派流傳千年最關鍵的一代。

由於第二代的功力，與鍾馗祖師有很大的差距，因此即便擁有最完整的口訣，也很難發揮出來。後來因為其中一名弟子，結合了家業，創造出了跳鍾馗這樣的技藝，才讓整個鍾馗派有了發展的可能性。

不過在產生了跳鍾馗這個「光」的同時，也誕生了墮入魔道的這個「影」，這就是鍾馗派第二代最為人所熟悉的光明與黑暗。

如果不是與鍾馗戲偶的結合，那麼鍾馗派到了第二代就算是一個結束，而口訣也將永遠成為一個口耳相傳的「文化」，沒有半點實用的價值。

因此鍾馗派之所以可以發展至今，跳鍾馗這個技藝真的可以說是功不可沒，因此將跳鍾馗這門功夫，說成鍾馗派的基石，一點也不為過。而且不管是鍾馗派還是鬼王派，跳鍾馗都是非常重要的一個環節。

三人來到農舍，休息了一天，下山買了些生活用品之後，便開始進行魔悟。

而實際上的辦法，就是曉潔彷彿傳授口訣那樣，將口訣背誦出來，讓鍾家續聆聽，就好像這些日子教亞嵐的一樣，不過因為鍾家續鬼王派的底子，雖然沒有記憶任何口訣過，但只要聽了，大致上都能大概了解這些意思，不需要曉潔解釋。

至於亞嵐，因為打從跟曉潔學習口訣以來，就一直沒有辦法記熟，因此剛好也可以跟著鍾家續一起學習。

於是魔悟開始，其實跟一般的鍾馗派傳承沒有什麼兩樣，身為老師的曉潔，從頭開始，將口訣一一背誦出來。

然而，聽了口訣之後，鍾家續並沒有什麼不一樣的感覺，甚至不知道這樣聆聽口訣，產生魔悟的情況又是怎麼樣。

就這樣進入到了總綱的最後一段，這時鍾家續突然感覺到不太對勁。

「不好意思，」鍾家續皺著眉，用手揉了揉頭說：「剛剛那段可不可以再重複一次。」

聽到鍾家續這麼說，曉潔又複誦了剛剛那一段，結果鍾家續又再度要求再來一次，曉潔也不厭其煩地重新唸了一次。

「原來……這就是魔悟嗎？」鍾家續沉吟了一會之後淡淡地說：「剛剛曉潔妳在唸口訣的時候，我的聽覺感覺有點怪怪的，大部分的口訣都連在一起，我根本沒有辦法聽得清楚。」

聽到鍾家續這麼說，亞嵐浮現出狐疑的表情，因為剛剛她也在旁邊聽著曉潔背誦口訣，雖然不至於像朗讀那樣咬字清楚，不過絕對沒有鍾家續說的情況。

「不過，」鍾家續接著說：「其中有幾個字，卻異常大聲與清楚，所以我請妳重複幾次，就是想要把那些字句結合起來。」

「結果呢？」

「有點意思，」鍾家續點了點頭說：「不過目前還不完整，請繼續，等到有點結果，我再跟妳們說。」

於是曉潔繼續背誦下去，背完了總綱之後，又重複了幾次，等著鍾家續把這些字句整理出一些意思出來。

然而，鍾家續整理出自己魔悟的內容，第一段就是跟這個跳鍾馗有關。

在整理好自己從口訣中理出來的字句之後，鍾家續將自己得到的領悟，告訴了亞嵐與曉潔兩人。

一開始整理口訣裡的字句，並且加以理解的鍾家續，先是流露出訝異的表情，然後沉下了臉想了一會之後，才把這些領悟告訴兩人。

兩人聽了之後，也跟鍾家續一樣，先是一臉訝異，然後沉下了臉。

「其實用白話來說，」亞嵐皺著眉頭說：「就是用類似戲偶、神像之類的東西，來個狐假虎威，嚇唬這些靈體，讓他們以為神明下凡，這就是你剛剛領悟出來的東西。」

「簡單來說是這樣沒錯，」鍾家續點了點頭說：「其實這就是我們所用的跳鍾馗，不是嗎？」

雖然，就這段魔悟產生出來的領悟來說，不算是什麼新鮮事，甚至可以說是他們還沒有魔悟，就已經行之有年到了理所當然的事情，不過如果真正好好去細思背後的意義，讓兩人也不自覺地沉下了臉。

如果是這樣的話，換句話說，打從一開始使用鍾馗戲偶來跳鍾馗這件事情，本身就是魔悟才有的東西，這對本家來說，是多麼諷刺的一件事情啊？

不過如果三人仔細想想，似乎也有些蛛絲馬跡可尋。

就最基本的口訣來說，本來就不含有跳鍾馗這樣的技藝，甚至沒有半點提到關於鍾馗戲偶的事情，但卻可以跟跳鍾馗完美契合，似乎本身就有些值得讓人深思的地方。

還有跳鍾馗這個技藝，許多應用的技巧，都是在口訣之外，畢竟當年鍾馗祖師所流傳下來的口訣，完全沒有包含這些東西，所以關於跳鍾馗這些東西，基本上是由後世的人，實際上使用過後整理出來的結果。

其中就連現在三人所進行的魔悟，也是當年因為有道長血染了鍾馗戲偶之後，才發現的事情。

對鍾馗派本身來說，跳鍾馗這件事情，或許是歪打正著，也或許是命中注定，總之，跳鍾馗成為了鍾馗派看家的本領，但卻沒有多少人追究，到底是為什麼會結合在一起，又為什麼可以跟口訣並用，而且效果絕倫。

而這個不曾是個問題的答案，卻是鍾家續魔悟之後，第一個得到的解答。

想不到跳鍾馗這件事情，本身就是魔悟的一環，這件事情對三人來說，雖然可能沒有什麼太大的意義，但是卻無法不感到驚訝。

曉潔也就算了，但鍾家續長久以來，被教育了很多鬼王派與本家的歷史過去，就連他也不知道這件事情。

一直以來，鍾家續也跟曉潔差不多，都認為是跳鍾馗先出現，然後才有了血染戲偶，也才有所謂的魔悟誕生。

但是魔悟裡面，卻包含了許許多多關於跳鍾馗的技巧與應用。

「這感覺就好像是雞生蛋跟蛋生雞的問題。」亞嵐有了這樣的結論。

「嗯。」兩人點了點頭。

畢竟事到如今，恐怕……不……應該說已經不可能追究了，當年到底是有人不經意的魔悟，領悟到這一點，還是真的是歪打正著。

畢竟第二代是鍾馗祖師親自拉拔的弟子們，對於口訣的了解，以及各種口訣的應用，絕對不是後代所能相提並論的。

說不定就是基於這樣的了解，才有了那樣的領悟。

這樣的推論確實很合邏輯，因為在千年之後，也誕生了這樣的天才，在沒有魔悟的情況下，領悟出許許多多魔悟才會有的技巧，這人正是曉潔的師祖，阿吉的師父，也是好一段時間，宛如陰霾一樣籠罩著鍾家的呂偉道長。

只不過，就連鍾家續跟曉潔自己都想不到，他們竟然會透過魔悟，多少了解到呂偉道長的偉大，而這樣的領悟現在才正要開始而已。

3

確定了鍾家續魔悟成功，以及魔悟的情況之後，三人的精神為之一振，而這段魔悟修行也正式展開。

只要一有時間，或者等到鍾家續對於口訣的魔悟告一段落，曉潔就會繼續開始傳授下一段口訣。

這段時間的曉潔，真的像是師父一樣，傳授兩人鍾馗派的口訣，讓亞嵐與鍾家續一個學習，一個魔悟。

而每當鍾家續有了什麼新的魔悟，在理解後，都會把內容分享給亞嵐與曉潔。如此一來，還真的落實了所謂的教學相長。

打從確定可以魔悟開始，鍾家續就像瘋子一樣，拚命地學、拚命地悟，可能多少也受到魔悟的刺激，鍾家續不只有呆呆坐在那裡聽，有時就連曉潔或者亞嵐下山去採買，或者是兩人睡覺時，鍾家續都會把握時間，繼續跟腦海裡那個滅陣的道士學習魁星七式。

就這樣瘋狂學習、鍛鍊，一直累到分不清自己到底是累到暈過去還是睡過去為止。而且或許就真的像人所說的「日有所思、夜有所夢」一樣，就連鍾家續累到睡著，夢境裡也常常都是跟那些魔悟的口訣，或是鍛鍊魁星七式、操偶有關。真的練到了就連睡夢中，也夢到自己拚命地練習。

不只有曉潔跟亞嵐對這樣的鍾家續感到有點驚訝，就連鍾家續也注意到了自己的改變，雖然說不上來到底什麼地方不太一樣，但整體感覺就是彷彿變了一個人一樣。

每個人的一生，都有許多的十字路口，有時候轉一個彎，就會來到一個完全不一樣的境界，甚至到達連想都沒有辦法想像的地方。

綜觀鍾家續至今為止的一生，也確實有許多這樣的十字路口，有許多充滿波折與驚奇的轉折。

從出生背負著鍾家的命運開始，一直到學會所有鬼王派的東西，然後被關在家裡根本不能印證與練習自己的所學，這些或多或少都像是天生注定好的路，不管是誰都沒有辦法改變。

雖然很難以接受，不過多少也有些無可奈何，跟自己的能力或才華沒有什麼太大的關係。

畢竟這些路，是這些年來鍾家子弟，都必須要承擔與走上的道路。

與其說是十字路口，不如說是條直線道路，通往宿命的直路。

一路走來雖然充滿壓抑與痛苦，但也還算是平穩，沒什麼真正的風浪。

但是鍾家續當然還是很不滿意，因此一直跟父親吵著，希望可以踏上一些不一樣的路。

然後，他就真正迎向了人生第一個十字路口，就是父親鍾齊德宣布，他可以出門去闖的那一天。

人生也真的從那個時候，開始轉了彎，來到了一條充滿崎嶇的道路。

如果當時的鍾家續，沒有踏上這條自我實現的道路，那麼或許這些都不會發生，當然更不會遇到曉潔，人生或許平淡，但很可能不會像現在這樣曲折。

而在遇到曉潔之後，更讓這條路充滿了各種變數，然後來到了月下決戰，一個與懸崖沒什麼兩樣的關口，接著整個狀況也真的像是墜落懸崖那樣急轉直下。

這些都是鍾家續至今為止的人生，所遇到的十字路口。而在這些路上，鍾家續的心情，也有了許多重大的轉變。

雖然情況比起過去沒有什麼太大的改變，不過鍾家續的心情卻有著許多不同的階段，從一開始的排斥、仇恨、恐懼，一直到後來的接受這樣的命運，並且開始強化自己。

說穿了，即便身為鍾馗的後代，其實跟一般人也沒什麼兩樣，都有著自身需要面對的課題。

不只有面對這一切，就連對曉潔，鍾家續的心情也有很大的轉變。

從一開始的敵對，慢慢淡化之後浮現出來的好感，然後一直想要在曉潔面前有點表現，都有著不同的心境變化。

不過這一切，都在月下決戰後，有了毀滅性的改變。

那晚過後，鍾家續感覺到痛苦、羞愧與恐懼。

面對阿吉這個真正的本家，實力的懸殊讓鍾家續感覺到驚訝，而接二連三的這些遭遇，真的是一波未平一波又起，更讓鍾家續的世界徹底崩毀。

不過，在崩毀與這些激動的情緒過去之後，一個渴望卻緩緩地浮現出來。

對鍾家續來說，他已經不再想要在曉潔面前表現什麼了，畢竟不管是月下決戰，還是面對那對姊弟，都是鍾家續人生中，最失敗的時候。

最低落的場面、最丟臉的時刻，曉潔都已經見過了，這就是最真實的自己，不管是好還是壞，自己就是如此了。

因此捨棄掉這些東西之後，鍾家續更想要搞清楚這一切，也希望可以好好學會這些老祖宗傳承下來的東西。

畢竟對現在的鍾家續來說，更加沉重的是自己必須面對的命運，因此在這個重擔前面，實在很難再去想這些有的沒的。

這就是鍾家續心境上最大的改變。

或許就是因為這樣心境上的轉變，改變了鍾家續的態度，同時當然也改變了他的個性，不，更正確的說法，應該是他不再需要裝模作樣了，這讓學習的效率，遠遠超過鍾家續自己所能想像的範圍。

在這樣的轉變下，鍾家續的進度，也來到了那個堪稱是誕生出鬼王派，最重要的一個部分——御鬼。

這一天，曉潔一如往常，像是補習班老師一樣，向兩人傳授口訣。

如果單純就記憶口訣來說，鍾家續的記憶力確實在亞嵐之上，雖然距離曉潔與阿吉那種過目不忘的超強記憶力還很遠，不過整體來說，鍾家續的記憶力確實算好的，相比之下，亞嵐的記憶力，恐怕比一般人還要低一些。不過亞嵐終究是學興趣的，記不起來似乎也沒什麼大礙。

比較遺憾的是，即便鍾家續的記憶力很不錯，可是一旦魔悟之後，腦袋就沒辦法再記住原本的口訣，對於這一點，鍾家續也覺得很不可思議。

所謂的魔悟，就是明明聽到句子也了解它的意思，卻會在腦海之中，形成一個完全不一樣的東西。這種感覺對鍾家續來說，確實很不可思議。

一開始聽起來，就好像在句子之中有幾個字會變得比較大聲，但等到自己細思，把這些變得比較大聲的字湊在一起，變成一個完整的句子時，原本的口訣就說什麼也沒辦法記得了。

即便曉潔重新再讀出那個口訣，鍾家續聽到耳裡也只會浮現出魔悟之後的句子。

一開始這個情況，真的讓鍾家續有點快瘋了，不過習慣之後，不再抗拒與追究裡面的東西，似乎也就沒什麼了。

這天鍾家續跟亞嵐，一起聽著曉潔口中背誦出來的口訣，唸完一段之後，曉潔就轉向亞嵐解釋這段口訣的意思，然後一旁的鍾家續，則是閉著雙眼，開始將剛剛聽到的字組合成句子，然後消化成自己能理解的內容。

今天曉潔所傳授的這段口訣，主要講述的是幾種比較常用的符文，簡單來說就是製造符與各種符籙所代表的意義與用途。

基本上，在口訣裡面所提到的幾種符，都是鍾馗祖師所自創的符，至於其他通用的符，其實跟其他派道士所用的相通，就不在口訣中。

跟鍾家續不同的是，亞嵐完全沒有半點基礎，有很多東西，都是從電影或小說裡得到相關知識，不過裡面真假參半，很多跟事實都不太一樣，所以曉潔需要多花點時間跟亞嵐解釋裡面的意義。

就在解釋了一陣子之後，原本一直在旁邊整理魔悟內容的鍾家續，突然對曉潔提出要求。

「不好意思，」鍾家續說：「曉潔可以請妳再重複這一段一次嗎？」

由於這一次魔悟的範圍很大，所以就連鍾家續，都沒有辦法一次把這些東西消化。

當然鍾家續不知道的是，這段確實就是鬼王派最重要、也是最基礎的一段。裡面包含的除了鬼王派後來賴以為生的收服各種靈體的符文之外，還有包括鍾家續一無所知的——鬥鬼。

在重複聽了幾次口訣之後，鍾家續的臉隨著魔悟也越來越沉，好不容易把這一段都搞清楚了，卻也不自覺地感覺到一陣毛骨悚然。

到頭來那對姊弟，確實就是自己鬼王派的人，這點透過剛剛的魔悟，有了徹底的證明。因為所謂的鬥鬼，就是煉符的一種手段。

在這段魔悟的過程中，鍾家續越來越了解，自己對鬼王派的了解，存在著太多的誤解。鬥鬼的事情也是其中之一。

以魔悟到的內容來說，鍾家續了解到，如果不鬥鬼，就不可能製作出真正強悍的鬼符，而這種利用鬥鬼讓鬼魂變得強悍的手法就叫做煉鬼。

就好像鍾馗派的跳鍾馗一樣，鬼王派雖然沒有任何聞名天下的招式，更沒有廣為流傳的技藝，不過影響力還是無遠弗屆，類似的術法其實在別的地方也有。東南亞有種蠱術，叫五毒蠱，將五種毒性極強的毒蟲，放入同個罐子中，讓牠們自相殘殺，最後的勝者集五毒於一身，威力也比一般的蠱蟲還要恐怖、兇狠。

鬥鬼的煉鬼符，也是同樣的道理，讓幾個鬼魂互鬥，然後增強勝者的力量。

像是那名少女的縛靈，就是身經百戰，最後存活下來的符鬼，這樣的符鬼，要對付其他制式的靈體，本身就有強大的優勢。

同樣都是鬼王派，但少女會鬥鬼養符，強化式鬼，這些都是鍾家續完全沒有辦法想像到的。為什麼同樣都是鬼王派，少女會的那麼多？

而且……那名少女到底是誰，為什麼自己連聽都沒有聽說過，還有什麼樣的分家擁有這樣強大的實力？

偏偏，現在自己的父親鍾齊德已經死了，這個問題恐怕永遠都沒有辦法有答案了。現在看起來，鍾家續覺得自己不久之前，才跟兩人解釋的什麼御鬼之術的基本，說什麼鬼魂只要收一收，就不會改變之類的話。

現在看起來，真的是笑話。

雖然感慨萬千，不過透過魔悟，鍾家續真的大有收穫，更重要的是，他終於了解該如何製作那些可以專門用來收服元形之靈的符紙了。

雖然製作方法有點複雜，不過絕對不是什麼奇珍異寶，而想要鬥鬼，最基本的，就是元形之靈。只有這種元形之靈，才有可能透過鬥鬼獲得成長。

鬥鬼對鬼王派的人來說，是最基本也是最重要的一課，因此今天魔悟之後，鍾家續感覺自己彷彿找到人生最缺乏的那一塊拼圖。

有了這些魔悟之後，先不要說其他的，光是自己過去所學的，都有了最基本的提升，甚至完全到了另外一個層次。

雖然如此，鍾家續並沒有顯露出太多開心的神情，因為他知道，就算有了這些提升，自己的實力還是遠遠不如阿吉，甚至連那對姊弟都還不如。

因此在確定了這一段之後，鍾家續點點頭，然後曉潔繼續下去。

畢竟這條魔悟之路，才剛開始而已。

4

對鍾家續來說，這次的魔悟修行，真的可以說是美夢成真，所以他也算是卯足全力，心無旁鶩地用心鍛鍊自己。

但是對曉潔來說，不管如何義無反顧，也不管自己如何下定決心，內心多少還是有點心虛的感覺。

畢竟對鍾家續來說，已經到了人生的谷底，恐怕已經沒有什麼東西可以失去了。但曉潔卻是賭上了一切，賭上了與鍾馗派之間的關係，也賭上了與阿吉之間的情誼。

雖說打從一開始就已經下定了決心，但當曉潔把口訣背誦出來時，每唸一句口訣內心都有種刺痛的感覺。

每次聽完曉潔的口訣後，鍾家續總會不自覺地閉上眼，整理自己腦海中浮現出來的字句，在這時候，曉潔總會凝視鍾家續，再次確定自己的心情。

如果這男人，未來對不起自己今天的心情，那麼曉潔也有覺悟，自己也絕對會像月下決戰那時一樣，站在鍾家續的面前，就好像她擋在阿吉面前一樣。

不如此確認自己的決心，曉潔根本沒有辦法繼續下去，因為就連亞嵐也看得出來，打從魔悟開始，鍾家續真的就好像變了個人一樣，不只有瘋狂的學習，就連實力方面，似乎都有了飛躍般的成長。

即便沒有魔悟，由於從小就學習這些東西，所以在基礎方面，本來就是三人之中，底子最好的。魔悟了之後，這個優勢更加明顯。雖然鍾家續在魔悟之後，還是會把自己魔悟的部分，分享給曉潔與亞嵐，不過終究還是比不上鍾家續。

只是，這種情況也沒有維持太久，隨著口訣進展到高階的靈體，鍾家續即便有了魔悟，但對於魔悟的東西，似乎也不是很能理解。這時候反而是曉潔這邊，對於這些疑惑提供了答案。

魔悟，源自鍾馗祖師的那份口訣，然而伴隨著功力的強弱，每個人可以領悟的範圍，當然也有所不同。

不過，詭異的地方來了，每當鍾家續有了不解之處，曉潔卻都有解答。

當然，曉潔的答案並不是她自己的，而是另外那份口訣，不能拿來魔悟的口訣裡面，很詭異地常常有許多鍾家續疑惑的解答。

彷彿就是特別為了魔悟的人，所準備的解答集一樣，這當然也讓鍾家續感覺到狐疑。

「妳確定……呂偉道長，真的沒有魔悟嗎？」

現在的鍾家續，或許多少為了尊重曉潔以及這份口訣的心意，所以不再直呼呂偉道長的名字，後面也會跟著兩人一起加上個道長兩字，以表尊敬。

同樣的問題，鍾家續也不知道問過多少遍了，但光從曉潔提供的線索，確實都證明，呂偉道長完全沒有入魔的跡象，尤其是他的本命戲偶，又是那最著名的「白衣」鍾馗，不要說血染了，就連半點髒污都沒有。

儘管有如此的鐵證擺在眼前，但在魔悟的過程中，同樣的疑惑卻一而再、再而三的浮現，而且不只有鍾家續感覺到狐疑，有些時候就連曉潔跟亞嵐，都不免產生這樣的疑惑。

不只對於魔悟的一些解釋，就連許多阿吉或是呂偉道長過去所做的事情，原本三人搞不懂的地方，竟然也都在魔悟中有了解答。

第一次出現類似的情況，是在縛靈口訣之末，當曉潔唸完了縛靈的口訣時，鍾家續先是閉上雙眼彷彿沉思般，整理著腦中的字句，稍後，他張開雙眼，臉上浮現出複雜的表情。

兩人看到鍾家續的神情，都是一臉疑惑，鍾家續便將剛剛自己腦海中出現的字句緩緩地唸了出來。

「縛之靈以七星為陣，」鍾家續說：「可以鎮魂，若不足，可再布七星之陣……」

兩人聽了之後，點著頭，將字句逐一解讀開，然後兩人也浮現出那有點訝異的神情。

「這不就是那個……」亞嵐說。

「四十九縛靈陣。」曉潔補充。

「對。」鍾家續點了點頭。

接下來雖然沒有人開口，不過三人的腦海中，都浮現出同樣的問題。

為什麼呂偉道長跟阿吉，會用魔悟之後的東西？

這點鍾家續完全不明白，這也是鍾家續第一次懷疑呂偉道長有沒有墮入魔道的經驗。

對於鍾家續的疑惑，曉潔提出了過去曾聽阿吉說過的話：「阿吉說過呂偉道長，是史上唯一一個，可以不用血染戲偶，就可以魔悟的人。」

「這是呂偉道長自己說的？」鍾家續問：「還是阿吉自己認為的？」

當然，鍾家續會有這樣的懷疑，也是理所當然的。

畢竟，就正常的情況來說，不應該會有這樣的狀況才對。尤其是一個真正經歷過魔悟的人，實在很難想像，有人可以直接看著文字，就產生出這樣的領悟。

這不只是單單藏於字裡行間之內，而是隨機，且蘊含著功力還是法力之類的。

「妳有看過呂偉道長的鍾馗戲偶嗎？」鍾家續問。

「有，」曉潔想了一下說：「他的戲偶很特別。」

曉潔想到過年大掃除時，曾經看過呂偉道長的本命戲偶一次，那時就讓曉潔印象深刻。

「上面……有沒有紅色的痕跡？」鍾家續問。

「不但沒有，」曉潔說：「而且他的戲偶還很特別，全身純白，因此被人稱為『白衣鍾馗』。」

當然，鍾家續這麼問，曉潔也非常清楚原因，他會有這樣的懷疑，也不算是意外，不過……至少在這一點來說，呂偉道長確實比較接近阿吉推論的那樣，具有過人之處。

畢竟如果要血染戲偶的話，需要用到所謂的本命鍾馗，不是隨便拿一個戲偶就可以了。

既然呂偉道長的鍾馗戲偶是一身純白，就說明了呂偉道長不曾墮入魔道。

「難道不能先染了之後，再把它漂白嗎？」一旁的亞嵐問。

不過很快就被兩人否定，畢竟要墮入魔道，就需要將戲偶浸泡在血中三天三夜，在那之後，血液會深入戲偶中，除非整個重做，不然根本不可能漂白。

而且一旦失去了戲偶，也會失去所有的力量，忘記口訣，又沒有了墮入魔道的力量，幾乎就跟武俠小說裡被廢了武功沒什麼兩樣，因此不可能是這樣的情況。

到頭來，就連鍾家續也不得不承認，或許正如阿吉所說的一樣，呂偉道長可能真的是那萬中無一的天才，才有可能不需要魔悟，就領悟到這些東西。

不過，到底要天才到什麼地步，才能從這些口訣中，萃取出真正的秘訣呢？

這麼想著的同時，鍾家續的腦海裡，又浮現出呂偉道長的模樣。

一直到現在，鍾家續還是不明白，當年的呂偉道長，為什麼要放過自己。

不管怎麼樣的推論，都有些不合理的地方，沒有一個適當的推論，可以合理解釋所有人的行為與結果，這就是鍾家續最感覺到頭痛的地方。

就好像推理小說或漫畫裡，常常被人提起的那句話一樣，真相只有一個。

究竟是什麼樣的真相，讓所有人都好像神經病一樣，做出讓人費解的行為呢？

除了這個四十九縛靈陣之外，就連小悅的情況，也在後面的魔悟中出現了。

在鍾家續魔悟後，三人終於也了解當時小悅的狀況。

小悅不能離開陰廟的情況，在魔悟的口訣中，被稱為「魂寄」，簡單來說，就是「生魂附於亡魂之上」。

比較普遍與常見的狀況，是鬼魂附身在人身上，不過小悅是完全倒過來，是人附身在靈魂上，這就是所謂的魂寄。

簡單來說，相傳人的身上有三把火，因為這三把火，所以鬼魂不易入侵人體，人一旦失去這三把火，就很容易被鬼魂侵犯。

當時因為呂偉道長與阿吉介入的時間太晚，導致小悅已經被鬼魂上了身，從小就體弱多病的小悅，本身八字又比較輕，加上那次浩劫，即便兩人出手救了小悅一命，但小悅身上的火已然熄滅，無法復原，這就導致小悅特別容易被鬼魂入侵。

後來安置會選擇陰廟，就是因為陰廟長年陰氣重，加上附近靈體多，對小悅來說有三個優勢。

首先是可以起到類似變色龍的作用，讓鬼魂沒辦法察覺小悅是活人，在陰氣比較盛的地方，自然可以蓋過小悅那吹彈可破的生人之氣。

其次廟還有保護的作用，像是堡壘般，守護著小悅，只要在堡壘中，鬼魂就不容易入侵。既然肉身缺乏防禦，就讓實質的廟宇，來提供保護。

最後一個原因，就是起到保命的作用，就算小悅真的被鬼魂上身，生魂被趕跑，在陰廟的範圍中，由於陰氣旺盛的關係，多少可以像冰庫一樣，延長小悅回到肉身的時間。

因此只要在陰廟的範圍之內，小悅就不容易被鬼魂侵入，同時也不怕被鬼魂侵入，這就是小悅無法離開五夫人廟的原因。

相反地，一旦離開，在鬼魂的視野中，小悅成了所謂人群之中的一點紅，非常容易吸引鬼魂。

因此，只要一直待在陰廟，小悅就跟一般人沒有什麼不同，可以平安地長大。

只是不管是呂偉道長，還是阿吉都沒有想到，凶靈易閃、惡人難逃，最後小悅不是死在鬼魂的手中，而是喪心病狂的人類手下。

像這樣，許許多多過去沒有辦法理解的情況，現在透過魔悟，也一一揭開了謎底。

5

三人就這樣，在亞嵐堂哥夢想破碎的農舍中，生活了幾個禮拜的時間。

單純就鍾馗祖師所傳承下來的口訣來說，全部背誦過一遍，沒有什麼太大的問題。

如果單純就天數來說，現在所花的時間，跟當時阿吉傳授口訣給曉潔的時間差不多。

不過當年還需要到學校上課，每天能教授的時間很少，但還是勉強教完所有的口訣，而且這裡所說的所有口訣，除了北派傳承下來的口訣外，還包含了呂偉道長自創的口訣，加上阿吉自己整理的操偶訣竅，單純就量來說，已經遠遠超過了北派的口訣有數倍之多。

本來照曉潔的計畫，這樣的時間或許還算剛好，不用太趕，只要照著進度慢慢來，在開學前的兩個禮拜，一定可以把北派的口訣讀完，如此一來，或許鍾家續的魔悟就算完成了。

不過，情況似乎比曉潔所想的還要麻煩。

就在三人覺得，差不多已經對於所謂的魔悟，有了很不錯的掌握與進展時，一個早晨發生的事情，又讓三人對魔悟有了更進一步的了解。

就在口訣來到後半段之後，有些口訣因為缺失的關係，變得難以理解，相對地也變得比較複雜。

鍾家續這邊魔悟的狀況也變得沒那麼多，這倒還好，相比之下，試圖想要背誦的亞嵐，就真的是一個頭兩個大了。

前一天所教的，幾乎睡了一覺後，就忘記大半。

或許多少也受到鍾家續的影響，這段時間，亞嵐的學習態度與效果，比過去要高上好幾倍。

這天，在預定要傳授下一段口訣之前，因為忘記前幾天的一些口訣，所以亞嵐找了機會，請曉潔再提醒她一下，於是曉潔又再度背誦了先前的口訣給亞嵐聽。

曉潔照著亞嵐的要求，重新將口訣背誦出來。

前幾天在背誦這一段時，鍾家續當然也在身邊，也有魔悟出一些口訣。

就在曉潔在背誦的時候，鍾家續剛好從房間裡面走出來，也一起聽到這段口訣，但鍾家續瞬間又聽到了完全不一樣的聲音。

鍾家續立刻跑過來，對著曉潔說：「不好意思，剛剛那段，請再複誦一次。」

突然冒出來的鍾家續，嚇了兩人一跳，不過曉潔還是把剛剛唸的口訣再唸了一次。

聽完之後鍾家續皺緊眉頭，一臉不解地搖著頭說：「這是怎麼回事？這一段我們不是聽過了嗎？」

「是啊，」曉潔點點頭說：「這段應該是大前天的進度。」

鍾家續點了點頭說：「對啊，我還有印象，妳們記得嗎？就是在說收滅為符的那段。」

兩人點了點頭。

「但是，」鍾家續說：「我剛剛又聽到了，完全不一樣的東西……」

「啊？」

「為什麼會有不一樣的聲音呢？」鍾家續一臉不解。

為了確認，鍾家續要求曉潔再背誦一遍，確定又聽到了完全不同的東西之後，三人都無言了。

原本還想，只要照著口訣背誦下去，背完了，這魔悟的工作也就告一段落了，接下來可能就要靠鍾家續自己的努力，看看能夠強化自己多少，誰知道現在發生這種情況。

「所以，」亞嵐挑眉：「口訣不能只聽一遍？說不定還會有不一樣的魔悟？」

「可能……真的是這樣吧。」曉潔無奈地點點頭。

當然，三人對於魔悟的了解，也是實際上開始魔悟之後，才有了最初步的認識，因此對於魔悟，完全沒有辦法把握，才會發生這樣的情況。

對一個本家的道士來說，因為從以前就已經把口訣記在腦海中，因此在墮入魔道後，魔悟的過程比較不像鍾家續這樣照著口訣的順序按部就班，常常都是好像突然想到或是頓悟出來的感覺。至於其他效果，往往都是在血祭戲偶後立刻就可以感受得到，那種功力的轉換，以及力量的提升，都非常顯著，因此才會特別迷人。

也正是因為魔悟的效果如此顯著，因此才會吸引無數本家的道士墮入此道。打從第二代開始，幾乎每隔一段時間，就會有道長因為經不起這樣的誘惑，進而墮入魔道。

由於本家鍾馗派對墮入魔道，血染戲偶極為忌諱，視為大逆不道，因此這些墮入魔道的人，多半都會被鍾馗派當作死敵，甚至想盡辦法將這些人消滅。

只是這些墮入魔道的道長們最後的下場，卻因為時代而有所不同。

在十二門時代前，也就是鬼王派誕生之前，這些道長大多下場悽慘，不是被鍾馗派的人除掉，就是銷聲匿跡，宛如人間蒸發一般，沒能留下什麼作為。

但在十二門時代之後，情況有了改變，這些墮入魔道的道長，最後不管願不願意，都會往鬼王派靠攏，進而加入鬼王派，成為對抗本家的一員。

就是因為這樣的緣故，才讓鬼王派越來越茁壯，最後甚至超越的本家，擊潰本家成為名留青史的一員。

這也正是兩派之間，先天最大的差別。

本家要加入鬼王派，唯一的條件就是血染戲偶，但是相反過來，鬼王派根本沒辦法洗白，重回本家的門下。至少，從古至今沒有任何人可以做得到。畢竟「一入魔道終無悔」，就算想要背叛鬼王派，也不可能重新學習本家的東西。

在這種不利的先天條件下，導致了本家最後逐漸式微的命運。

不過也正因為這樣的正邪不兩立，加上逃到鬼王派的本家弟子，幾乎都已經入魔，所以歷史上像鍾家續這樣以鬼王派的弟子身分，反過來跟本家合作，透過口訣進行魔悟的例子，實在非常少見。至少，就鍾家續所知先前似乎沒有這樣的前例。

因此就連效果是不是真的可以像本家墮入魔道那般有效，三人也沒辦法知道，真的就只能走一步、算一步。然而知道口訣可能不能只聽一遍這件事情，對三人來說，真的很震撼。

尤其是曉潔，原本以為只要把口訣背誦一遍，就可以完成魔悟，如今看起來，似乎沒有這麼簡單。

「所以該怎麼辦呢？」亞嵐用手托著下巴，一臉無奈地看著曉潔：「曉潔老師。」

曉潔聳了聳肩，望向鍾家續，鍾家續也側著頭，不知道該怎麼樣比較好。

畢竟就時間來說，已經八月中了，距離開學也只剩一兩個禮拜的時間。如果要像先前一樣，再從頭來過的話，可能也沒有時間了。

所以三人商量後，決定還是先把口訣至少跑一遍，然後就差不多得準備下山了。

接下來的幾天，曉潔把剩下的口訣背誦完畢，這次的山中魔悟之旅，也正式告一段落。

雖然說效果如何，還有待測試，不過對鍾家續而言，這確實是在他人生中，最重要的一個夏天，這段山上的修行之旅，也為他的未來，奠定下非常重要的基礎，只不過現在的他，並沒有預知到這樣的未來。

即便還沒有測試，不過就鍾家續自己的感覺來說，他確實在各方面都有了顯著的成長。

不過不管怎麼樣，這段修行之旅，也已經來到了尾聲，相信未來，會有很多機會，驗證這段時間的努力，到底有沒有白費。

6

在山上的最後一個夜晚，鍾家續一個人走出了農舍。

山中的夜晚總給人一種特別的感覺。

鍾家續仰頭看著天空，幾天前下過雨，好不容易放晴，月亮也顯得特別明亮。

魔悟之旅暫時告一段落，接下來沒有人知道，會有什麼樣的困難在前方等著自己，不過此刻的鍾家續，完全沒有心情考慮這個問題。

這幾個禮拜，埋頭於魔悟之中，勤練於手腳之間，讓鍾家續根本沒有機會，好好靜下來，整理自己的心情。

當然，對於毅然決然跟著自己走上魔悟這條路的曉潔與亞嵐，鍾家續心中感激至極，如果沒有兩人這段時間的相伴，或許……自己真的早就已經了結了這悲哀又狼狽的人生。

在這段人生的谷底，能夠遇上兩人，或許是自己這悲哀的人生中，最幸運的一件事情。

曉潔並不是自小就拜入本家的弟子，聽亞嵐提過，曉潔的雙親是虔誠的基督還天主教徒。對曉潔成為廟主這件事，完全沒有辦法接受，為此跟曉潔起了好幾次衝突。

而當年帶著曉潔來到這條路上的人，就是她當時的導師阿吉，本著此刻的這份心意，即便阿吉有心想要殺自己，看在曉潔的分上，鍾家續也絕對可以跟阿吉一筆勾銷。

雖然心中對阿吉的敵意，已經在今晚完全消失了，但是想到他，還是不免讓鍾家續感慨萬千，腦海裡浮現的是當時在么洞八廟中，看到的阿吉跟呂偉道長的合照。

不管怎樣，此刻的鍾家續，已經不再將呂偉道長看成那種見人就殺的大魔頭了。

因為如果不是他的傳承，如今鍾家續也不可能踏上魔悟這條路，換句話說，呂偉道長現在恐怕變相成為了自己的師尊。

鍾家續的魔悟，是源自他所傳承下來的口訣，不只如此，就連呂偉道長自創的口訣，也在自己不解時，提供了許多解開疑惑的答案。

當然，呂偉道長傷害自己老爸鍾齊德的這件事情，並沒有因此而有所改變。想到這裡，多少還是讓鍾家續有點愧對老爸的感覺，不過在那對姊弟出現後，對過去發生的事，鍾家續也有了一些不一樣的感覺。

怎麼看自己跟父親鍾齊德，都像是被自己家拋棄的魚餌，如果真是這樣的話，真正該怨恨的對象，或許也就不同了。

看過呂偉道長的照片，知道他就是當年在公園裡陪著自己練功的中年男子之後，讓鍾家續看很多事情的角度都有了改變，如今又加上那對姊弟，更是徹底顛覆了鍾家續的世界。

因此在經過這些事情之後，鍾家續也決定，走自己的路，用自己的雙眼與大腦，去辨別一切的黑白，不再被過去的什麼本家與門派所局限，是非對錯，只有了解了一切之後，才能夠有所結論。光是看結果，就下定論，忘記了中間的是非恩怨與過程，本身就是一件十分危險的事情。

仰望著明月，鍾家續在這段魔悟之旅中，徹底體會到了呂偉道長的強大。

鍾家續知道自己距離呂偉道長，真的好遠、好遠，心中那羨慕的感覺又浮現了出來，就好像當初看著那些照片時一樣，不同的是此刻的他，不再感覺到不甘心，反而多了一層仰慕的心情。

透過這些呂偉道長留下來的東西，每每都讓鍾家續感嘆天分這種東西，竟然可以有如此的差距。

由於從小就缺少同門師兄弟可以相比較，因此鍾家續也只能從自己的父親或是教自己操偶的師父口中，了解自己的天分。

在他們讚不絕口的態度下，讓鍾家續一度真的認為自己天分過人，很有走這行的潛力。

但如今，先是看到阿吉那根本比馬戲團還要精湛，就算稱為國寶級的操偶技巧也不為過的天分，已經讓鍾家續自嘆不如，現在又透過魔悟，了解到阿吉的師父，呂偉道長那對口訣領悟力的天分，更讓鍾家續感覺到天與地的差別。

謙虛還是自滿，往往決定了人學習的態度。

就好像字面上所述的一樣，自滿的人，往往因為「滿」，而沒有辦法再加入任何東西，學習效果自然很不理想。

這些態度不是外在的表現，而是內心對自己的看法，不是假裝謙遜，就可以有所改變。

在遇到這些事情之前的鍾家續，因為很快就學會、掌握鬼王派的東西，因此確實有點自滿，然而在親眼見過阿吉的操偶技巧，還有魔悟時深深感受到呂偉道長的偉大，都讓鍾家續體認到自己的渺小，真的是讓鍾家續想驕傲，想自我感覺良好的機會都沒有，甚至在魔悟的過程中，鍾家續都不曾想像過自己可以追上阿吉跟呂偉道長。

深知自己的不足，是成長最重要的關鍵，而這也成為了鍾家續這段時間，能夠成長得如此迅速的主要原因。

將自己的姿態放到最低，將心境歸零，一切都只為了學習，本來就是最佳的學習態度，如今因為阿吉與呂偉道長的偉大，讓鍾家續完美地做到了這點。

這恐怕不管是阿吉還是呂偉道長都沒有辦法想到的事情，誰也不會想到自己的強大，竟會成為鍾家續成長最重要的推手。

過去在么洞八廟的時候，鍾家續就曾想過，如果自己跟阿吉的位置調換過來，如果自己也像阿吉一樣，從小就接受正規的訓練與教導，自己能不能跟阿吉一樣強呢？

過去只要想到這些，就會讓鍾家續感到不平，但如今，這些不平的情緒，早已煙消雲散。畢竟現在開始也不遲啦。

鍾家續這麼安慰著自己，至少經過魔悟，也算多少補強了一點先天的不足。

這麼想著的鍾家續，臉上浮現一抹淡淡的微笑，然後轉過身，回到農舍準備度過這最後的一晚。

但鍾家續不知道的是，此刻的他，說不定是這千年以來，最幸運的一個人。

不只有呂偉道長直傳的口訣，還有鍾九首教他當年他聞名天下的那些拳腳功夫，更曾經見識過恐怕是鍾馗派史上最厲害的操偶天才實際操偶給他看，這些都是不可多得的經驗。

至於打從那對姊弟出現後，鍾家續就一直存疑的自己的血脈，也正透過魔悟的經驗，慢慢甦醒。

就這樣，在這個徹底改變鍾馗派命運的夏天，曉潔所做出來的這個看起來彷彿十分大逆不道的決定，不只改變了鍾馗派，也完全改變了包含曉潔自己在內的許多人的命運。

而這宛如暴風雨前的寧靜，也隨著三人結束了修行之旅而結束。

真正的風暴，也悄悄地拉開了序幕。

第6章・反客為主的契機

1

在曉潔與鍾家續踏上魔悟之路，躲在北投農舍修行的這幾個禮拜，阿吉這邊也沒有閒著。為了接下來可能面對的對手，阿吉一直勤練著那個為師父呂偉道長所準備的絕技。

而另一方面，為了因應對方隨時都有可能發動的襲擊，阿吉跟玟珊這邊也跟陳憶玨保持聯絡，而該帶、該準備的東西，也都是先裝妥在袋子中，一旦對方有任何行動便可以立即出動。

本來還以為對方很快就會行動，讓阿吉這邊也繃緊了神經，但是經過了幾個禮拜，完全沒有半點回音，雖說已經確定，至少還有一對年幼的姊弟在外遊蕩，不過在缺乏線索的情況下，茫茫人海中真不知道該到哪裡去找這對姊弟。

所以阿吉這邊能做的真的也不多，只能夠好好備戰，等待下一次的機會。

經過了幾個禮拜的時間，阿吉的練習也差不多了，甚至感覺比當年還要熟練很多，魁星七式已經可以自由發揮出來，剩下的就只是熟練的程度了。

畢竟這個招式是阿吉所創，所以對於整個招式的掌握，自然不在話下，阿吉很清楚自己的狀況如何。

經過了這幾個禮拜的練習，阿吉覺得應該已經到了實戰可以發揮的程度，因此到了後面，為了保持足夠對應突發狀況的體力，阿吉的練習也稍緩了一點，以維持狀態為目標，減少一點練習的量。

在這段期間，伯公順利出院，阿吉讓陳憶玨把伯公等人接走，讓他們暫時與何嬤他們會合，一起接受警方的保護。

伯公可以恢復健康、脫離險境，真的算是不幸中的大幸，畢竟伯公年事已高，還被人從背後襲擊，如今可以出院，對阿吉來說，是個最好的消息。

在確定伯公已被妥善安置，而曉潔等人目前下落不明，阿吉這邊幾乎可以說是毫無後顧之憂了，一切就等著對方有所行動，狀況跟當年的赤壁之戰一樣，萬事俱備、只欠東風。

這一晚，阿吉簡單地練習了自己的招式後，就停了下來，把東西都收好，又指導過玟珊，便坐在後院的樓梯上，臉上浮現出些許愁容。

看到阿吉的模樣，玟珊走到他身邊，坐了下來。

「怎麼了？」玟珊問：「有什麼擔心的事情嗎？」

「嗯……」阿吉抬頭看著那棵瘦小的榕樹說：「等了那麼久，還沒有消息，我在想，他們會不會在等暑假結束。」

對玟珊來說，暑假這種東西，已經是相隔十多年的事情了，因此完全忘記暑假這回事，不過阿吉可就不一樣了，不要說學生時代了，在變成這樣之前，他還是個女高老師，因此對於暑假這檔事，還是很熟悉的。

「暑假結束，有比較好嗎？」玟珊不解。

「嗯，」阿吉點了點頭說：「曉潔跟她那個同學，在北部的大學，鍾家續在中部的大學。如果他們開學後各自回學校，目標就分散了，到時候我們可能很難兩方兼顧。」

情況恐怕確實跟阿吉所說的一樣，先不要說對方會不會真的選擇在學校動手，光是這樣分成兩邊，阿吉就很難兼顧，連該在哪裡待機都是個問題。

想到了鍾家續跟曉潔那邊，讓玟珊又想到幾個禮拜前，曉潔從自己面前逃跑的情況。

「對不起，」玟珊低頭一臉歉意：「如果那一天，我能夠留住她就好了。」

「不，」阿吉搖搖頭說：「這件事情說到底還是我的錯，如果我可以早點清醒，或者是更早之前沒有對鍾家續出手，事情也絕對不會變成今天這樣。」

這不單單只是阿吉的安慰話，而是真心這麼認為，阿吉一直都為此感覺到內疚。

沒有任何人的一生，可以不犯下任何錯誤，可以永遠都順遂。

不管是阿吉還是鍾家續，都有屬於自己的人生課題，當然也都會犯下讓自己深深後悔的錯誤。

雖然，每個人面對這樣的錯誤與內疚，方法不盡相同，有的人選擇逃避，有人踏上贖罪的道路。

但阿吉卻跟鍾家續有著相同的決心，希望可以改變這樣的錯誤。

因此，當知道鍾家續有可能不是殺害小悅這些人的兇手後，阿吉也下定決心，說什麼都要保住這個鍾家的血脈，這就是阿吉面對自己的錯誤，最直接的做法，錯了就把它扭轉過來。

「現在只能祈禱，最後這一兩個禮拜，可以有點線索了。」阿吉嘆了口氣這麼說道。

不過阿吉現在最擔心的，恐怕還是這邊一無所獲，直到暑假結束，而對方也等著暑假結束之後，同時襲擊鍾家續跟曉潔，那麼就真的變成了那個永遠讓男人難以回答的問題，到底該先救誰了。

一邊是自己的學生，一邊是鍾家的血脈，這個問題，真的跟母親與老婆一起掉到水裡一樣，讓阿吉感覺到為難啊。

更糟糕的是，即便知道事情很有可能發展至此，阿吉卻沒有半點辦法，只能無止境地一直等下去。

不過阿吉的擔憂，很快就有了解套的機會。

因為第二天，陳憶玨帶著兩個人來到無偶道長的廟宇，一切也在陳憶玨的到訪之後，終於有了一點轉機。

2

第二天，阿吉清醒後，跟著玟珊吃了頓晚餐，過沒多久，就聽到有人在拍廟門。打開大門，門外站著的是陳憶玨與兩名陌生的男子。

在陳憶玨的介紹之下，阿吉才知道原來這兩名男子，是協助陳憶玨一起偵辦這起案件的警員，個子比較高的姓張，另外一個比較矮的姓李。

介紹完兩人的身分之後，陳憶玨將這次特別前來的原因告訴了阿吉。

這幾個禮拜中，雖然有過幾個案件曾經被懷疑跟這些案件有關，但經過陳憶玨的確認後，最後都被排除了。

然而，即便沒有發生什麼其他案件，陳憶玨這邊的調查工作，也一直持續在進行。

陳憶玨解釋後，玟珊與阿吉這下才真正知道，陳憶玨這段時間幾乎是卯足全力地在找兇手。

由於缺乏任何可靠的線索，陳憶玨這邊可以下手的，就只有那四名已經死亡的兇嫌。

首先陳憶玨先是把四人的基本資料調查一遍，從小到大在哪些地方生活，只要能夠找得到的任何紀錄，都盡可能地蒐集，其中最主要的目的，就是希望可以找到四人之間的關聯。

遺憾的是，這個方向沒有太多結果。

從一開始在看守所裡互咬身亡的彭智堯、張品東，到直接在現場被殺害、擊斃的中年男子郭揚治跟比較年輕的曾靖益，四人在台灣幾乎找不到任何的關聯。

不過從資料也看得出來，這四個人陸陸續續前往日本，並且從後續的紀錄看起來，反而是待在日本的時間比台灣還要長，從這個角度來說，或許是因為這四人產生交集的地方，都不在台灣，所以才會完全找不到關聯。

當然就最後的結果看起來，四人都跟日本有著密不可分的關係。

於是接下來，陳憶玨打算從出入境下手。

因為經過比對，發現四人這三年來進出台灣與日本的次數異常頻繁，短短三年之間，四人都已經往來超過十次以上，其中甚至有人往返超過二十次。

類似這樣大量出入境的情況，其實海關那邊都有紀錄，所以這對陳憶玨來說，是相當方便的資料。

於是，陳憶玨想辦法跟海關那邊合作，整理出一份這幾年來，台日間出入境頻繁的旅客名單。

不過由於日本鄰近台灣的關係，加上許多企業在這兩地都有據點，所以類似四人這樣，需要頻繁往來的旅客，其實不在少數。

如果單單從這裡下手，名單太過龐大，不過不管怎麼說，多少也算是有點資料與方向了。

接下來就是看看能不能找到可以篩選這份名單的辦法，將名單縮小。

於是陳憶玨想到了，自己還有另外一條很重要，而且很實用的線索——那就是命案的日期。

這四個人經過比對，發現過去命案發生的時間前後，這四個人確實人都在台灣。

所以如果朝這個方向下手的話，應該也可以過濾掉不少人。

因此陳憶玨便指揮手下，對名單進行篩選，盡可能把人數降到最低。

終於在經過幾個禮拜的比對之後，整理出了一份不到三十人的名單。

這些人都是在這幾年之間，多次往返台日，而且在命案發生前後，都剛好在台灣的人。

由於擔心打草驚蛇的關係，所以陳憶玨希望阿吉可以幫忙，一起前往看看，這當中還有沒有人是嫌犯。

這也正是陳憶玨今天晚上會帶著這兩位警員一起的原因。

「明天開始，」陳憶玨對阿吉說：「他們兩個會帶著你們，一起去看看這些人。」

當然跟警方合作，阿吉這邊完全沒有問題，但是因為阿吉的狀況比較特殊，白天根本沒辦法清醒，因此聽到陳憶玨這麼說，阿吉立刻面露難色。

「可是我……」

「我知道，」陳憶玨點了點頭說：「我已經跟他們兩個稍微解釋過了。」

聽到陳憶玨這麼說，阿吉不自覺地挑起了眉，一臉狐疑地看著陳憶玨。

要知道即便陳憶玨最後雖然沒有成為阿吉的師妹，不過也算從小到大在鍾馗派的氛圍下長大，就連這樣的她，阿吉都沒有辦法清楚解釋自己的狀況。這讓阿吉十分好奇，陳憶玨又是如何跟人家「稍微解釋」的。

「我知道我應該會後悔我接下來要問的問題，」阿吉皺著眉頭說：「不過我是真的很好奇，妳是怎麼跟人家解釋我的狀況的？」

聽到阿吉這麼問，陳憶玨聳了聳肩，壓低聲音反問阿吉：「你想聽官方版本，還是民間習俗的版本？」

「啊？」阿吉張大嘴，一臉難以置信，怎麼自己的狀況還可以分出兩個版本？

「官方版本嘛，」陳憶玨抿著嘴說：「就是你有種特殊的隱疾，這種隱疾是精神方面的，屬於高階自閉症的一種，只要看到陽光，腦袋就會秀逗。」

聽到陳憶玨這麼說，阿吉咬緊了牙，有種想要掐死這個無緣師妹的衝動。

「至於民間習俗版本，」陳憶玨一臉理所當然地說：「就是小時候撞邪沒處理好，只要看到陽光，體內的鬼魂就會作亂，把你變成白痴。」

聽到這裡，阿吉都無言了，這也終於解釋了那兩人為什麼打從進門，就一直打量著阿吉。不是特殊的宿疾，就是人鬼共處一軀，不管哪一個，恐怕都是百年難得一見，難怪兩人會用那種看怪胎秀的眼光，打量自己。

「如何？」陳憶玨一臉得意地說：「我還算有創意吧？」

阿吉狠狠地瞪了陳憶玨一眼。

「拜託，」陳憶玨為自己喊冤：「他們兩個已經是我盡可能找到，最相信這些東西的人了，現在都什麼時代了，要找到這樣的人，不容易啊。」

雖然還是很想掐死陳憶玨，不過阿吉也知道，自己的狀況確實很難解釋，而且如果要合作的話，事先說好總比他們自己直接看到要來得好，所以阿吉也只能接受這樣的結果。

對陳憶玨或者是其他的警察來說，要過濾鬼王派的人，恐怕有一定的難度，所以如果阿吉不跟警方合作，可能光是這三十個左右的嫌疑人，花個一年都不見得可以完全過濾掉。

尤其是在他們似乎已經停手的現在，唯一的機會恐怕就是主動出擊，將這些人找出來，這點阿吉比任何人都還要清楚。

所以即便是對這兩個人有點意見，尤其是他們那感覺像是在觀察什麼奇妙生物般的眼光，讓阿吉覺得十分不舒服，但是他還是接受了陳憶玨的安排。

只要最後能夠把幕後黑手揪出來，這點不愉悅，阿吉還能忍受。

3

第二天開始，玟珊與阿吉就照著陳憶玨的計畫，開始針對名單上面的名字進行過濾。

還沒到傍晚時分，那兩個被派來協助阿吉的警員，就出現在無偶道長的廟前。

雖然阿吉還沒有清醒，不過既然兩人也知道阿吉的狀況，眾人就照樣出發。

按照計畫，希望一天可以過濾至少六個人，如此一來只要一個禮拜的時間，就可以把整個名單上面的人全部查一遍。

為求效率，警方這邊在白天的時候，就已經派人盯著今天進度的六個人，一方面也可以先看看對方有沒有什麼可疑之處，另一方面也可以在阿吉清醒後，迅速確實掌握六人的行蹤。

雖然陳憶玨找上這兩個人，不是因為他們辦事能力強，正如陳憶玨先前所說的，首先還是要找到可以跟阿吉配合的人才行，不過兩人在上車之後，掌握了六人的行蹤，很快就定出路線，讓玟珊感覺兩人做起事來似乎還挺可靠的。

不過這樣的感覺，很快就煙消雲散，路上，兩人一直從後照鏡打量阿吉的樣子，讓玟珊看了真是又好氣、又好笑。

後來兩人還一直不斷擠眉弄眼，過了一會，其中的張警員才開口把推積在心中的疑惑，全部提了出來。

「不好意思喔，」張姓警員問：「那個病會不會傳染啊？」

昨天在阿吉休息前，也已經把陳憶玨的說詞告訴玟珊了，因此面對這個問題，玟珊倒不覺得驚訝。

「放心好了，」玟珊無奈地說：「就算你想要被傳染，恐怕也不可能，這是……特殊的遺傳疾病。」

「什麼疾病，」另外一位李姓警員說：「就跟你說陳檢說是中邪。」

兩人可能是因為好不容易開口了，所以一個接著一個問題，也一鼓作氣跑了出來，出現一堆讓玟珊還真不知道該怎麼回答的問題，像是：「那個鬼魂白天這樣會不會跑出來啊？那他白天都不用吃飯嗎？大小便的時候也需要人幫忙嗎？」等等。

一開始玟珊還勉強應付一下，但是後來又是一堆讓玟珊難以回答的問題，讓玟珊真的沒辦法招架，只好搬出陳憶玨，告訴他們陳憶玨知道所有的狀況，請他們直接去問陳憶玨，這才終於搞定兩個好奇寶寶。

不過玟珊很清楚，這些讓人尷尬的問題，阿吉都聽到了，等清醒過來後，連玟珊都不知道阿吉會怎麼樣。

四人開著車來到名單上第一個嫌疑人所在的地點，天色也已經昏暗了，等到三人差不多看完嫌疑人的照片與資料的時候，阿吉也清醒過來。

原本還以為阿吉會對兩名警員剛剛提出的疑問，有些不一樣的反應，誰知道阿吉卻彷彿沒有聽到一樣，很快就進入狀況，讓玟珊感覺有點驚訝。

不過玟珊也知道，阿吉因為清醒的時間有限，加上這可能是找到那些犯人最好的機會，因此不管有再大的委屈，也都只能忍下來，讓玟珊為阿吉感到心疼。

四人照著上面的名單所附的資料，一個接著一個，找上可能的嫌疑人。

雖然還需要經過精密的測試，甚至聞聞他們身上，是不是有血腥味等等，才能夠確定對方是不是真的跟鬼王派有關聯。

不過，對阿吉這種已經大半輩子都是鍾馗派的人，而且還是正統傳人的人來說，要看出鬼王派，其實不是件太難的事。

畢竟對這些常常都跟靈體為伍，甚至身上隨時都可能帶著收有靈體的符的人來說，要被阿吉偵測出來，真的是簡單到不行的事情。

阿吉就這樣跟著陳憶玨派來的便衣警員，照著名單一個個過濾，第一天很順利，按照既定的進度過濾掉六個人。

這些人多半都是日商公司，或者是公司跟日本方面有密切往來的合作關係，所以才會頻繁往來台日。

就這樣一連三天，每天都照著進度過濾掉六個人，眼看名單就已經去掉大半，但不要說嫌犯了，就連個可疑的對象都沒遇到。

這讓原本信心滿滿，可以讓案件有所突破的兩名警員，也跟著急躁起來。

因為時間有限的關係，所以阿吉這邊只要一清醒，就是不斷地趕路，然而真正判斷對方有沒有嫌疑的時間，卻感覺十分有限，大部分的情況，都是阿吉瞇著眼睛，看個幾分鐘，或是下車靠近對方一下，就斷言對方的清白。

當然，每個排除嫌疑的人，阿吉都有十足的把握，才會做出這樣的判斷，但是對不懂此道，連鬼王派聽起來都是一臉狐疑的人來說，阿吉的判斷顯得有些草率。

這起案件已經拖了很多年，除了曾經逮到一名在命案現場的女大生外，這些年來一直都沒有像樣的線索，如今好不容易有了這份名單，不管是檢察官還是警方，都把希望寄託在這份名單上。

如果沒有辦法靠這份名單找出嫌犯，恐怕又得回到一無所獲的地步，讓兩名警員感覺到無比的壓力。

第四天，跟先前幾天一樣，兩名警員在傍晚時分來到無偶道長的廟前與阿吉等人會合，這時候的阿吉，仍處於失神的狀態，所以在玟珊的帶領下，上了兩名警員的車子。

接下來在名單上的兩個人，是兩個台灣人，不過長期旅居日本，這次回來，可能因為洽公的關係，所以住進市區的一間旅館。

等到兩人上車後，警員便駕車前往該旅館，並且在旅館的對面停了下來，靜靜地等待著阿吉甦醒。

夜幕低垂，天色也暗了下來，按照過去的慣例，應該再過不久，阿吉就會清醒了。

誰知道就在這個時候，有兩名男子從旅館的大門走了出來，三人一看，兩人就是名單上的男子。兩人一出旅館就攔了輛計程車，搭車離去，眾人見狀立刻駕車跟上去。因為阿吉還沒有醒，所以現在也只能先跟著他們。

陳憶玨找來的這兩名便衣警員受過專業訓練，因此跟蹤前車，還算駕輕就熟。

不過真正讓三人在意的是，計程車一路往山區開去。

眼看路上的車輛越來越少，三人不得不保持一定距離，以免被對方發現，所幸雖然說不得不保持距離，不過山路只有單線雙向，還不至於跟丟。

一路跟了將近半小時，三人終於看到那輛計程車停在路邊。

三人不敢立刻停下來，怕被兩人發現，因此繼續向前開，直到轉了個彎，確定離開計程車的視線之後，才找了個地方將車停下。

或許是因為這段時間，老是撲空的關係，因此兩人也有點心急了，決定不等阿吉甦醒，就打算直接去看看。

玟珊想要阻止，卻被兩人粗魯地回絕了。

「別鬧了，」張警員一臉不悅地說：「現在情況可不比前幾天，我們隨時都可能跟丟，所以沒那時間等那個鬼上身的清醒。」

「相信專業，好嗎？」李警員也補了一句。

兩人不給玟珊半點辯駁的機會，轉身就朝計程車的方向去，留下玟珊一個人看著還沒清醒的阿吉。

玟珊雖然心急，可是因為阿吉的關係，也沒辦法追上去，只能回到車子旁，牽上阿吉，慢慢帶著他過去。

兩名警員快步回到剛剛的地點，小心地靠近計程車，確定車上只有司機一人之後，才跑到計程車旁。

只見計程車司機彷彿暈了過去一樣，頭無力地仰著，沒有意識，如果不是還在呼吸，兩人還以為那兩個男人把司機殺了。

計程車所停靠的地點，後方有一條岔路，兩人互相看了一眼之後，決定過去那條岔路看看。

兩人走上岔路，走了幾分鐘，就看到了一間被圍牆圍住的平房。

從屋況看起來，似乎已經很久沒有住人了，不過裡面透出燈光，應該還有水電。

兩人輕聲商量了一下，準備進去探個究竟，就算真的被發現，兩人的員警身分，還可以直接面對面盤查兩人，多少也算是有恃無恐。不過他們還是盡可能不希望這樣的事情發生，畢竟萬一真的打草驚蛇，可就不妙了。

兩人一前一後來到圍牆旁，李警員走在前面，看了一下圍牆裡面，沒有半個人影，看樣子那兩名男子，很可能已經進了透著燈光的房子裡。

李警員回頭，向後面的張警員比了個手勢，然後轉身走進圍牆的門裡。

後面的張警員跟著一起進去，走沒幾步，走在前面的李警員，突然停下了腳步，跟在後面險些撞上的張警員，抬起頭正準備開口詢問為什麼前面的同僚要突然停下腳步，誰知道頭一抬起來，立刻看到了自己的同伴上方，出現一個恐怖的身影。

那身影就掛在旁邊的樹上，一隻長長的臂膀從樹上垂下來，看起來足足有兩公尺這麼長，而臂膀的末端，正擱在他的拍檔肩膀附近，那根本不是一隻手，而是一把宛如鐮刀般的利刃。

這也正是剛剛走在前面的李警員，突然停下腳步的原因，走在前面的他，什麼都沒看到，就突然感覺到自己的脖子一涼，那把宛如兇器的鐮刀，就這樣靜悄悄地架在自己的脖子上。

不像身後的張警員有比較好的視野，看到那持刀的身影，被人架住的李警員，不敢妄動，即便身後已經傳來張警員騷動的聲音，他卻連自己被什麼樣的人架住、從哪裡架住都不知道。

因為不敢亂動，所以只能用兩顆眼珠不停打轉搜索，過了一會才發現那條細長的臂膀，順著臂膀將雙眼盡可能向上看，才看到一點那個身影的真面目。

不看還好，一看李警員差點叫出聲來。

那身影有著一對幾乎佔據整張臉孔的雙眼，尖尖的獠牙突出，模樣極為駭人，更重要的是，看起來完全不像任何人世間該有的生物。

「別亂動，」李警員的身後傳來一道熟悉的聲音：「不然你會死得很難看。」

這聲音的主人不是別人，正是清醒過後快速趕來的阿吉。

就在兩人不等阿吉，自己貿然行動之後，玟珊牽著阿吉，想辦法趕上來，好不容易來到計程車旁時，阿吉終於醒了，而且一醒來，就看到玟珊一臉著急，大概也猜到了是什麼情況。

如果剛剛不是阿吉及時趕到，那麼眼前這位專業的李警員，可能已經被切開喉嚨，或是直接傷及魂魄，不管哪一個，下場都不會太好看。

不只如此，因為兩人貿然的行動，除了賠上自己的性命之外，更可能會驚動裡面的人，如果阿吉沒有醒來的話，那麼情況可能會很糟糕，不只兩人有生命危險，就連阿吉跟玟珊也都可能因此陪著兩人一起遇難。

因此對於兩人貿然的行動，讓阿吉感到不悅。

被這個不知道打哪裡冒出來的怪物用尖銳的爪子抵著脖子的李警員，連動都不敢動。

「看到他的爪子了沒？」阿吉冷冷地說：「沒有實體的這種爪子更可怕，會在你的魂魄上面，留下一條沒人可以修復的裂痕，然後……你的親朋好友，都不再認識你。」

聽到阿吉這麼說，李警員瞪大了雙眼，連氣都不敢喘。

「因為你會瘋掉，」阿吉說：「整天說著沒有人懂的話，連醫生都沒辦法幫你，到時候，你絕對會比我還要慘，就算是晚上，你可能都沒辦法清醒。」

當李警員聽到了自己比阿吉還要慘，當真是整個人都腿軟了。

這幾天李警員可是親眼目睹了阿吉的慘狀，如果要自己跟阿吉一樣慘，說不定被人一刀宰了還比較爽快一點。

看到李警員那嚇到頭皮發麻的模樣，多少讓阿吉內心也算是好過了一點點，畢竟這幾天光是那些白痴問題，就足以讓阿吉想狠狠給他踹上一腳了。

只是那些話，不全然只是嚇嚇他而已，被這種靈體的爪子所傷，真的會有難以想像的後果。

眼看李警員完全不敢動，阿吉一拉，本來就已經雙腿發軟的警員，被他這麼一拉，整個人才向後一倒，軟倒在地上，逃出那怪物的尖爪。

那怪物就好像被定住一樣，完全沒有動作。

當然，這是因為阿吉用了符。

會選擇將這靈體定住，而不是直接滅了對方，就是因為如果貿然把這靈體滅了，那張將這個靈體召喚出來的符也會跟著燒毀，如此一來，肯定會驚動到裡面的人。

阿吉救出了兩人之後，示意他們退回到圍牆外。

不需要阿吉多做解釋，不管是誰都知道他們所要找的人，很可能就在裡面。

「我們找的人，」阿吉對兩名警員說：「很可能就在裡面，我自己進去就好了，你們守住這裡，沒有我的指示，絕對不要亂動。」

如果是在兩人看到那個靈體前，阿吉這麼說，兩名警員絕對會有意見，不過在親眼看到剛剛那個怪物，加上其中一人還差點慘遭割喉的情況下，兩人不敢多說什麼，只能愣愣地點著頭。

阿吉稍微觀察了圍牆裡的狀況後，要兩人退到岔路路口，並要他們埋伏在路口，到時候如果有人出來，看自己的指示行事。

「如果在這裡驚動到他們，」行動前阿吉還再次強調：「要再抓他們就難了。」

阿吉帶著兩人，從圍牆邊退回到岔路口，玟珊也站在車子旁邊等著。

阿吉拿著一張符，然後從玟珊隨身攜帶的袋子中，拿出一根蠟燭，將符穿過蠟燭之後，用火點燃蠟燭，並把蠟燭交給玟珊。

「我把他定住了，」阿吉對玟珊說：「小心不要讓火滅了，只要火在，那個靈體就不會亂動。」

玟珊點點頭，並且小心翼翼地用手護著燭火。

「如果等等有人出來，」阿吉接著說：「我沒有任何的行動或暗示，妳就把火吹了。」

這時阿吉揮了揮手，要兩名警員靠過來。

「小心一點，」阿吉再三交代：「如果他們有人出來，絕對不要正面跟他們衝突，不要被他們發現，不然你們可能會有危險。」

看阿吉十分慎重的模樣，讓玟珊開始擔心起來。

「你確定裡面的就是他們了嗎？」玟珊問。

「嗯，」阿吉點了點頭說：「而且可能很難對付。」

「怎麼說？」

「因為，」阿吉用下巴努了努那棟房子的方向說：「那是我看過最強的地縛妖。」

到了現在，兩人才知道原來剛剛那個怪物，就叫做地縛妖。

「如果沒有強化，」阿吉說：「一個地縛妖不可能有這麼強大的力量，幾乎跟狂差不多強大了。我以前就聽師父說過，鬼王派的御鬼之術，不只有能夠控制靈體，還能讓靈體強大，增加靈體的力量，我想那個地縛妖應該就是這個情況。我剛剛不是嚇唬他的，那個地縛妖真的遠遠超過我所能想像的範圍。」

這時阿吉也差不多準備好了，拿齊該拿的東西，準備行動了。

「雖然不知道他們是怎麼將靈體強化到那種地步的，」阿吉臨行前說：「不過，裡面肯定是鬼王派的人，而且實力遠在鍾家續之上。」

都交代完了之後，阿吉循著剛剛踏上的岔路，再度來到那間房子的圍牆外。

這恐怕是這些日子以來的第一次，有機會讓局面整個翻轉過來，而這也是阿吉等人，一直想要的契機，一個反客為主的契機。

4

阿吉來到圍牆附近，再次觀察圍牆內的情況。

不只有剛剛那個靈體，就連房子的屋頂，也有另外一個靈體。

阿吉很清楚，那個靈體應該跟剛剛的靈體一樣，都是負責警戒的任務。

看到對方如此戒備森嚴的陣仗，不免讓阿吉有種不好的預感。

這很可能代表兩件事情，第一是很可能因為對方接二連三被人打敗之後，所做出來的應對措施，讓他們變得更為謹慎。另外一個可能性就是，這裡說不定是對方聚會或者是大本營之類的地方，因為裡面有很多重要人物，因此才如此戒備。

不管是哪個，都很可能讓事情變得棘手，這讓阿吉有了不好的預感。

畢竟如果人數過多，就連阿吉可能都沒辦法應付，所以還是先想辦法看看情況再說吧……反過來說，或許就是因為有了這些靈體的戒備，反而讓阿吉更加容易靠近也說不定，這就是太過於依賴靈體的結果。

阿吉拿出一張符，將符折小之後含在口中，如此一來這些靈體就不容易發現自己。

準備就緒後，阿吉進入圍牆，來到房子旁邊，希望可以靠近窗戶，聽到一點裡面的動靜。

原本還擔心對方有所警戒，可能會輕聲細語，自己到頭來什麼都聽不見，不過才剛靠近窗戶邊，就聽到裡面清楚的交談聲。

「你們是因為大師兄死了，」一個帶有濃重口音的男子聲音傳了出來：「所以打算就這樣吧？」

從聲音聽起來，說話的人年紀應該不大，甚至還沒有變聲，而從濃重的口音聽起來，可能不是台灣人。

「不是這樣，」另外一個男子的聲音答道：「我們只是認為，現在不應該輕舉妄動。」

「我姊可沒辦法有兩個老公喔，」那個年輕男子的聲音說道：「所以你們終究還是得要分出個勝負，不是嗎？」

「不需要你說，」另外那個男人說：「我們當然也知道。」

從聲音聽起來，雖然很清楚，不過感覺有點距離感，料想對方應該距離窗戶有點距離，並不是對著窗戶的，因此掙扎了一下之後，阿吉還是決定，探頭看看裡面的情況。

畢竟光是這樣聽，也沒辦法搞清楚裡面到底有多少人。

於是深呼吸一口氣後，阿吉緩緩地靠在窗戶邊，慢慢地探頭朝窗戶裡面看。

這也算是一場豪賭，如果有人對著窗戶，很有可能就這樣曝光，不過這一次阿吉算是賭贏了，裡面的人確實離窗戶有點距離，而且沒有人朝著阿吉這裡看。

裡面的情況也算是一目了然，而且就像阿吉一開始想的一樣，由於外面有靈體看守著，所以裡面的人根本沒有特別留意四周的情況，熱中在討論的事情上，就連聲音都沒有刻意壓低，絲毫沒有任何防備。

這時候阿吉也終於看清楚了，房子裡面一共有五個人，四男一女。

不過其中有兩個人，特別吸引了阿吉的目光，因為這一男一女，看起來很年輕，甚至還未成年，雖然看不清楚兩人的臉，不過光從身形看起來，的確很像襲擊么洞八廟的那對姊弟。

而且從剛剛聽到的對話，那個稚嫩的聲音，應該就是少年弟弟的聲音，而他口中的姊姊，應該就是裡面那名少女。

雖然早就已經知道，兩人的年紀不大，不過實際看到，還是讓阿吉有點驚訝。

畢竟從兩人的年紀看起來，對阿吉來說，真的是個非常大的打擊，因為這代表著，鬼王派還是一代接著一代傳承了下來。

看樣子這個原本應該只存在於歷史課本上的恩恩怨怨，確實已經一路被帶到了現代。

雖然在窗外的阿吉，因為實際上看到了這對姊弟，心中有了許多感慨，不過裡面的人，不可能感受得到，仍然持續爭論著他們剛剛的話題。

「好了啦，」眾人中的一點紅少女，開口想要打圓場：「師兄說的也沒錯，現在風聲確實比較緊，所以本來就應該低調一點。」

少女的口音聽起來，就跟那名少年一樣，都帶有濃濃的外國口音。

「放屁，」少年聽了大叫道：「妳夠了吧！妳只是慶幸妳不用嫁給那個老頭子吧？」

少年囂張跋扈的態度，讓阿吉還不了解他，就已經很想要踹他了。

「妳不要以為我不知道，」少年用手指著自己的姊姊說：「妳有種就自己去跟爸說……」

「說什麼？」少女也不甘示弱的回擊：「說你都不聽我的話？還去找大……他的麻煩？」

少年正打算大聲回嗆，結果少女上前，把他拉到旁邊去，兩人繼續爭執，不過音量已經不像先前那麼大，阿吉這邊也完全聽不到聲音。

雖然從內容聽起來，是跟少女的婚事有關，不過如果只是婚事的問題，根本不需要千里迢迢跑到這裡來說吧？更何況，這少女看起來就算成年了，也還未滿二十吧？年紀看起來，真的就跟阿吉以前的學生一樣，是個女高中生，頂多是個女大生。這年紀就談婚事？也太快了吧？

不過當然，少女的婚事絕對不是阿吉躲在外面偷聽的原因，最重要的還是要確定，接下來到底該怎麼做。

其實先不要說他們的對談內容為何，有沒有透露出什麼重要的訊息，光是從外面那些靈體看起來，就差不多可以確定他們就是鬼王派的人，那對姊弟看起來也像是襲擊么洞八廟的那對姊弟。

接下來要面對的問題，就是要如何對付這些人。

對阿吉來說，真的是千載難逢的機會，如果可以把這些人都解決的話，問題幾乎算是解決了一半，剩下的就是他們五個人的師父。

問題是，現在動手的話，對方總共有五個人，即便聯手也不是阿吉的對手，只是阿吉也很難一次把他們一網打盡。要打贏五人或許不難，不過要讓五個人都留下來，可能就是很大的問題了。

所以阿吉這邊，也只能先看情況再說，至少要想辦法在不驚動其他人的情況之下，留下一個或者少數幾個人，然後這一次，絕對要想辦法阻止那人被殺或者是自盡。

仔細觀察了一下，裡面的五個人除了那對姊弟之外，另外三個人都是男性，而且年紀看起來跟阿吉差不多，頂多比阿吉小個幾歲。

而那對姊弟，看起來雖然年紀最小，但是地位似乎很高。

其中兩名男子，在阿吉的記憶裡，應該就是今天眾人一路跟蹤，也是在名單裡的男子。

從兩人的舉止看起來像是二人組，如果加上姊弟的話，似乎兩人一組，是他們行動時的編制。

那麼第五個人呢？

阿吉打量著第五個人，從外表看起來，那個人的存在，確實跟裡面其他人有種不太一樣的感覺，阿吉在窗戶邊聽了好一陣子，也沒有聽到他開口。

而且他似乎對眾人所討論的東西完全沒有半點興趣，不只如此，光就感覺來說，也讓阿吉感覺到不太對勁。

這個身材壯碩，看起來不太像是鬼王派的男子，反而比較像是在賭場裡面看守場子的人。

這麼看起來，說不定是這對姊弟的保鑣也說不定。

呿，還有保鑣？看來家境不錯。

阿吉這麼想著，不過轉念想想，他們都可以大剌剌從警察面前走過去，想要錢的時候，說不定走進附近店家，就立刻有錢可以拿了。

如果他們連人都可以殺了，相信這點行為對他們來說，完全是臉不紅、氣不喘，甚至認為是理所當然的行為。

不管怎麼說，如果動起手來，那個保鑣很可能是最大的問題。

就在阿吉考慮要不要去找那兩名警員來，專門對付這個保鑣的時候，裡面那對姊弟又再次大聲吵了起來。

不過這一次，可能因為情緒過於激動，所以兩人並不是用中文吵架，而是用阿吉聽不懂的語言，聽起來，應該是日語。

只見兩人越吵越兇，其他三人也完全不想介入，就放任兩人在那邊吵，後來姊姊這邊似乎氣不過，轉身就走，姊姊走的同時，那名保鑣也跟著姊姊一起朝屋外走。

看到這幕阿吉立刻縮回頭，然後沿著房子的邊緣，躲到房子的另外一側，避免那個姊姊出來時發現自己。

想不到情況會變成這樣，躲在牆角的阿吉，還在想到底該怎麼做。

畢竟出來的除了姊姊之外，還有那個讓阿吉感覺到棘手的保鑣。

阿吉的腦海裡，想著事情可能不妙了，如果那個被自己定住的靈體，是這個姊姊布下的，她要離開，可能會將靈體回收，到時候行跡必然暴露，得被迫動手了。

而在這種時候動手，恐怕第一個問題就是自己能不能夠撂倒那個保鑣。

雖然說現在阿吉就道士的層面來說，有鬼神般的實力，不過拳腳功夫方面，可沒有那麼大的長進，所以他並不是很有把握，真的可以對付那個保鑣。

除此之外，一旦雙方真的動起手來，極有可能驚動屋子裡剩下的那三個人。

在這種情況下，反而變成埋伏在這邊的阿吉，要面對被人夾擊的風險。

不過幸運的是，姊姊跟那個保鑣，並沒有朝阿吉來時的大門而來，而是朝房子的另外一邊走去。

等到兩人離開一段時間之後，阿吉也偷偷跟過去看了一下，原來在圍牆的另一邊，還有一扇門，可以通到外面，不需要回到那條岔路。

這下還真是一則以喜、一則以憂啊。

因為原本還以為岔路是唯一的出入口，只要堵住那邊，應該就絕對可以逮到人，想不到另外一邊還有別的出口。

不過也多虧了這條出口，這下少了兩個人，尤其是那個看起來就很難纏的保鑣，如此一來如果對手只有三個人的話，阿吉要留人應該就不成問題了。

當然，阿吉不知道的是，這裡一直都是鍾家的產業之一，長年逃亡讓他們學會的第一件事情，就是如果像這樣藏身在山上，就絕對不能住在只有單一一條出入口的地方。

但是不管怎麼說，屋子裡面還有三個人，而最難纏的對手似乎已經離開了，對阿吉來說，這恐怕是最好的機會。

有了這樣的覺悟，阿吉回到窗邊，一方面想要聽聽看能不能聽到什麼訊息，另一方面，阿吉也扭扭腳踝，開始暖身。

因為他知道，如果沒辦法把握今晚的機會，再讓他們逃走，可能就再也沒有更好的機會可以將這一切的謎題解開了。

今晚，就是最關鍵的一個晚上。

5

姊姊跟那名保鑣走了之後，阿吉回到窗邊，又聽了好一陣子，結果只隱隱約約聽到一些廢話，大多是兩個人好言相勸少年的廢話。

少了那個姊姊，可能這會也開不下去了，因此過了一會，三人似乎決定離開。

那兩個名單中的男子，先行走出房屋，朝阿吉來時的圍牆走去，阿吉躲回到屋子角落，打算等等如果少年也跟上，阿吉會尾隨在三人後面，等到他們到了岔路出口，阿吉就會出手，跟兩名警員一起夾擊三人。

誰知道少年這時候走出房子，竟然不是跟著兩人，而是朝先前姊姊所走的路線而去。

眼看兩方踏上不同的路，阿吉考慮過後，覺得自己真正想要留下的還是那名少年。

畢竟另外兩人已經被列在警方的名單中，但這對姊弟卻不在名單之內，而且從剛剛的情況看起來，這對姊弟的地位似乎比起其他人都還要高，所以如果可以活逮這個弟弟，應該有更大的機會，可以問出更多內幕。

眼看那兩個人已經走到阿吉進來的圍牆邊，就要出去了，少年也走到了另外一邊，阿吉趕忙從角落出來追著少年過去。

少年走到了另外一側的圍牆邊，突然停下腳步，彷彿想起了什麼，猛然一個轉身，阿吉根本沒有地方躲，只能愣在原地。

原來那些靈體就是少年設下的，這時他會突然停下來，就是想起了這個，正準備回頭回收這些靈體，誰知道一回頭，就看到一名陌生男子偷偷摸摸跟在自己後面。

「你是什麼人！」少年指著阿吉叫道。

聽到少年的叫聲，原本已經走到圍牆外的兩人都停下了腳步，轉過頭來看，看到阿吉都是一臉訝異。

剛跟自己姊姊吵過架的少年，正想要找東西洩恨，如今看到阿吉這個陌生人出現，根本連說都不想多說，立刻掏出一張符，召出一個鬼魂，想要殺了眼前這個倒楣鬼，以洩自己心頭之恨。

少年一揮手，一隻符鬼立刻出現在兩人之間。

符鬼一現身，直接朝阿吉撲過來，不過早在少年揮手之際，阿吉這邊就已經有所準備，因此符鬼一靠近，阿吉立刻朝著符鬼一踢，符鬼隨即被踢滅，少年手上的符，也瞬間化成灰燼。

要知道剛剛少年因為還在氣頭上，所以用的符是自己數一數二好的符鬼，這下看到阿吉竟然不費吹灰之力，就把自己的符鬼消滅，自然也知道眼前這個人絕對不是自己能對抗的。

特別是看到阿吉踢滅符鬼的動作，根本就是魁星七式，就算再笨，也知道眼前這個傢伙，絕對就是那個打倒自己眾多師兄的本家高手，這也正是眾人今天晚上會聚集在這邊的主要原因之一。

腦海裡浮現出，曾經聽過的那些本家傳說，想起了本家的種種殘忍行徑，知道他們會怎麼對待落敗的家人，內心不禁升起恐懼。

就像溫室裡的花朵，從來不曾見過半點風暴，不要說颱風了，哪怕是比較強一點的風雨，都可以讓他嚇到腿軟。

更何況阿吉的恐怖，絕對不是強一點的風雨，說是狂風暴雨也不為過啊。

比起面對鍾家續時，那種高高在上，誰敢擋在自己面前就殺無赦的態度完全不一樣。

一看到阿吉這麼強悍，竟然一手就把自己最能夠消滅敵人的符鬼滅了，驚嚇之餘，也還知道應該要馬上撤退。

少年再度拿出符，召出自己手中最強的天縛魔，召出之後立刻轉身逃跑。

想不到少年才剛轉身順著牆準備開溜，眼前突然黑影一閃，「啪！」的一聲巨響，讓少年整個人嚇了一跳，向後一仰，一屁股重重地摔坐在地上。

完全不知道發生什麼事情，只因為自己眼前不到幾公分的地方突然閃過黑影與巨響，就讓少年整個人狼狽地跌坐在地上。

接著少年定睛一看，不看還好，一看整個人臉色刷地變得慘白。

因為在他的眼前，以及剛剛所發生的那個巨響，就是剛召出來準備掩護自己逃跑的天縛魔，直接被對方砸爛。

當然，如果這個不是符鬼，阿吉也不可能有這樣的力量，但正因為是惡鬼，此刻阿吉體內蘊藏著祖師鍾馗的力量，因此對這些鬼魂來說，根本就宛如祖師爺上身一樣恐怖。

想不到自己召出來的天縛魔，不但連幾秒的時間都沒有辦法幫自己爭取，還被人直接砸爛，真的讓少年嚇到張大了嘴，半天說不出話來，只能用驚恐的表情看著阿吉，心想這真的是人嗎？

當然阿吉也不是隨便出手，就好像呂偉道長說過的一樣，每個靈體的背後都有自己的故事。

然而剛剛那兩個靈體撲過來的時候，阿吉都能夠感受到那兩個靈體浮現出的強烈殺意，不管是剛剛打算用來抓住阿吉的，還是這個用來掩護想要逃跑的，都是一上前，就直接要動手殺人，完全沒有半點轉寰的餘地。

如果今天對象不是阿吉，而是那兩名警員的話，恐怕已經死在這兩個靈體的手下了。

阿吉的判斷並沒有錯誤，尤其是這兩個少年使用的靈體，已經不知道跟著他的主人，幹過多少殺人放火的勾當，剛剛被阿吉砸爛的大縛魔，還曾經幫自己的主人，解決過幾個他主人看不順眼的同學，把那群同學搞到一死一瘋一轉學。

這點阿吉雖然不知道，不過少年不可能不清楚，眼看自己最有用的天縛魔，如今連一秒都撐不過，就被人狠狠砸在牆上，變成一灘爛泥，這種情景絕對是少年想都沒想過。

不過這絕對不是少年的錯，畢竟普天之下，到底有誰可以這樣啊！

這邊的少年，正為阿吉那恐怖的實力，感覺到訝異的同時，另一邊的阿吉，同樣也對這少年感到驚訝。

小小年紀，所用的靈體竟然有如此暴戾之氣，阿吉非常肯定這小鬼絕對利用這些靈體殺過人，所以阿吉打起來毫無手軟的必要。

然而比起靈體來說，更讓阿吉震驚的還是，眼前這個年紀小小的少年，既然這些靈體是他所控，那麼這些靈體的殺生之帳，絕對是算在他的頭上。

這小鬼多大啊？看起來頂多就是國中生，竟然已經開始用靈體殺人放火。

這讓阿吉感覺無比訝異，更是難以置信，這也更加讓阿吉決定說什麼也要把這少年給留下來。

然而現場不只有少年一個人而已，這點阿吉非常清楚，雖然說兩人對阿吉恐怕沒有多大的威脅，不過阿吉還是用眼角的餘光，緊緊盯著兩人。

當然，剛剛少年用天縛魔襲擊阿吉，結果被阿吉伸手一撈，然後宛如棒球選手般，將天縛魔直接扔到牆上砸爛的情景，兩人也看在眼裡。

光是這一下，就讓兩人知道，阿吉的道行有多驚人。

跟先前兩人對付過的那些，只有勉強跟鍾馗派沾得上邊的對手，有著完全不同的強大實力，這下兩人不用出手也知道，自己絕不可能是阿吉的對手。

雖然說，兩人也確實如先前這個少年質疑的一樣，膽小如鼠，不想多惹爭端，不過面對少年陷入險境，兩人也立刻做出了完全不一樣的決定。

其中一個二話不說，看自己跟阿吉之間有一大段的距離，而且注意力也不在自己身上，立刻轉頭就跑，徹底體現「留得青山在、不怕沒柴燒」的真意。

另外一個愣在原地，還來不及動作的男子，看到自己搭檔逃跑，猶豫了一下，卻沒辦法這樣捨棄少年自己逃跑。

雖然知道自己絕對不是阿吉的對手，不過他還是決定多少幫助少年脫身，因此他掏出了一張符，召出了一隻符鬼，襲向阿吉。

結果跟少年掏出來的符沒什麼兩樣，阿吉根本連正眼看都沒看那召出來的符鬼一眼，一腳就直接把符鬼踢飛。

符鬼就像子彈一樣，射到牆邊，又是「啪！」的一聲變成一灘爛泥。

月光下的阿吉，真的是鬼見愁。

當然，同時面對三個對手，即便是阿吉，可能多少也有點顧忌，不過現在逃了一個，從路線看起來，有機會遇到那兩名埋伏在路口的警員，就看他們兩人有沒有辦法把他抓住了。

對阿吉來說，現在最重要的還是先把留下來的人制伏。

而剛剛的三個人，一個軟倒在地，只差還沒尿褲子，另外一個逃了，剩下的最後一個人，也是目前唯一對他動手的人，因此阿吉的目標非常清楚。

那個留下來想支援少年的男子，眼看一隻符鬼沒辦法對付阿吉，立刻又召出兩隻符鬼，這次，他跟少年有著相同的想法，用的是自己透過鬥鬼，煉製出來最強大的縛靈，不求打倒阿吉，但求可以多少纏住阿吉，這樣自己跟少年就有機會逃跑了。

兩隻縛靈朝阿吉衝來，阿吉連看都沒看，一腳一拳輕輕鬆鬆就收拾了對手。

即便只是輕鬆的一拳一腳，不過他所用的，仍是眾人所熟悉的魁星七式，只是在場除了阿吉之外，沒人覺得這些招式可以這麼輕鬆解決掉這些靈體，換作在場其他人，不要說傷害靈體了，就算嚇唬這些靈體，光靠這一招一式可能都做不到。

原本還想召出兩隻縛靈，多少也可以阻擋他一些時候，誰知道完全沒辦法起到拖延的作用。

不只如此，阿吉一拳一腳解決了縛靈之後，立刻衝向男子。

這下來得又急又快，男子根本來不及反應，順手一揮又召出一個靈體，勉強擋在自己面前，嘴巴也大聲哀號道：「別啊！」

說實在的，就算是一般人，真正這樣上來給自己一拳，可能都不會讓人如此驚駭，不過因為剛剛眼前那些靈體，都被阿吉瞬間解決，因此才會讓男子感覺，阿吉的力量就好像拳王泰森那樣恐怖。因此看到他衝上前，男子才會哀號出來。

男子眼看阿吉突然衝到自己面前，嚇都嚇死了，趕忙召出一個靈體，想要擋一擋，結果阿吉完全沒有停下來，一拳朝男子打去，可憐的靈體才剛召出來，迎面就被阿吉的一拳打中。

阿吉的一拳擊中那個靈體，瞬間將其打爆後，拳頭直接打中男人的臉，扎實的一拳整個將男子打趴在地。

在三國演義中最精采的一個故事之一，就是關雲長的過五關斬六將。

其中有一幕，就是關公連人帶柱一起斬掉了其中一將，如今阿吉這一下，真的就跟故事裡面的關公一樣，連魂帶人一起將男子打趴在地上。

在場這些鬼王派的人，恐怕連作夢都沒有想到，有人竟然強到這種地步，恐怖如斯，真的讓人嚇到肝膽俱裂。

雖然這一拳不像自己想像那樣，一拳把頭都給打下來，不過男子不只感覺到劇烈的痛楚，就連視線都變得有點模糊，彷彿天地都開始搖晃起來。

這下男子是慌了，真的徹底慌了，在地上連滾帶爬，拉開一小段距離之後，勉強狼狽站起身來，不敢再有半點大意。

面對這根本就跟恐怖的逆魔一樣的對手，男子慌亂地把全身上下的符都掏出來，兩手拚命狂揮，就好像溺水一樣，似乎想把自己收服的所有鬼魂全部叫出來。

男子那瘋狂的舉動，不只讓阿吉看到傻眼，就連坐倒在地上的少年，也是一臉訝異地盯著他，因為兩人終究是師兄弟，相處這麼多年，也不曾見過男子會驚嚇到這種地步。

雖然慌亂到了極點，不過男子每掏出揮舞一張符，都會有個靈體浮現，轉眼間男子的身邊，已經浮現數以十計的鬼魂，阻隔在阿吉與自己之間。

可惜的是，就算再多的鬼魂，此刻恐怕也不是阿吉的對手。

倒不是說阿吉有多強，而是雙方實力相差太大，這些鬼魂本來就是這個男子收服的靈體，太厲害的靈體，憑男子的功力也收服不了，在這種情況下，根本很難跟阿吉抗衡。

勝負已定，當然如果可以的話，能夠多活逮個人也好，阿吉確實是這麼打算。

只不過，阿吉還沒有動手，就突然感覺到不對勁，因為那些被召出來的鬼魂，似乎並沒有攻過來的打算。

只見那數以十計的鬼魂，這時候竟然緩緩地轉過身，面對著那個把自己召喚出來的男子。

男子揮動著符，想要指揮鬼魂圍攻阿吉。

「殺啊！殺掉他啊！」男子大聲嚷著。

不過那些鬼魂，卻完全沒有半點動作，反而緩緩散開將男子團團圍住。

看到這些被自己召出來的靈體完全不聽指揮，每個都盯著自己，男子也在此時，終於意識到自己犯下一個嚴重、天殺的錯誤。

另外一邊的阿吉，完全不知道發生什麼事情，就這樣愣在原地，直到那些鬼魂一撲，全部襲向男子的時候，阿吉才會意過來。

如果不是以前聽過，阿吉說不定還會以為對方想來個豪華的召鬼自殺。

像鬼王派這樣收服符鬼，其實某種程度上來說，就跟養小鬼差不多，除了靠符的力量囚困這些鬼魂之外，道士或者是法師本身的力量也不能太差。

一旦法師的力量不足以控制住小鬼，結果恐怕就會跟當年和阿吉鬥法的那個法師一樣，殺人不成反而被靈體反撲。

這點阿吉知道，男子自己當然也知道。

不過剛剛因為徹底慌了手腳，所以男子把所有自己收服的符鬼，一次全部叫出來，卻完全忘了自己根本沒有足夠的法力可以控制這些鬼魂。

結果就像這樣，被自己所召出來的過量靈體反撲。

即便阿吉看起來兇猛無比，彷彿見人殺人、見魔都可以殺魔，但這次阿吉非常清楚自己一定要想辦法留住活口，因此見到鬼魂反撲，立刻上前想要搶救那個男子。

可惜的是，阿吉終究不是鬼王派的人，花了一點時間才搞清楚發生了什麼事，加上男子收的鬼、召的鬼，真的太多了，眾多鬼魂這一撲，只能用瞬間秒殺來形容了。

阿吉衝上前去，把那些靈體打跑驅散開來時，男子已經當場斃命。

他的脖子足足轉了兩圈，全身扭曲令人怵目驚心，死狀極為悽慘。

這真的是讓阿吉哭笑不得。

到頭來還是沒能夠留住活口，讓阿吉真的很懊惱，感覺這些鬼王派的傢伙真是殺人不眨眼，連殺自己都如此迅速確實，半點機會也不給自己，讓阿吉真的是一肚子火。

不過人死都死了，在這邊懊惱也沒用，因此阿吉很自然地將目標轉回到那名少年身上。

同伴的慘死與逃亡，加上看到阿吉那宛如鬼神般的實力，讓這涉世未深的少年冷汗直流，明明是還算涼爽的夜晚，但少年此刻臉上滿是汗珠。

看到阿吉轉頭看向自己，少年慌張地在地上掙扎，原本還以為少年想要站起身逃跑，豈料少年竟然突然將膝蓋一轉，整個人跪倒在地上。

「不要，」少年用顫抖的聲音求饒：「……放過我。」

「啊？」聽到少年這樣說，阿吉還真的有點傻眼：「不要放過你？」

「不是，」少年聽了猛力搖著頭說：「不要殺我，放過我，我還只是個學生。」

少年驚慌到語無倫次，只能拚命求阿吉，看到少年這模樣，阿吉只覺得一肚子火。

「只是個學生？」阿吉沉下臉喝斥道：「你已經在殺人放火了！你敢說你沒殺過人？」

被阿吉這麼一斥，少年更是嚇得拚命磕頭，完全不敢回答阿吉的問題。

雖然說少年的話語，真的只是火上加油，讓阿吉更加惱火，少年這貪生怕死的模樣，也讓阿吉想要上去揍他個幾拳，不過終究真的只是個中二的國中生。

不要說為了更了解他們下手的動機與原因，還有幕後的黑手等等情報，他們需要保住一個活口。

就算少年真的動手殺了宛如妹妹一樣的小悅，恐怕阿吉也沒辦法讓他一命償一命。

阿吉朝少年這邊踏出一步，準備將少年壓制後，交給兩名警員處理。

誰知道看到阿吉踏出一步，少年立刻嚇得整個人向後一仰，就好像阿吉是要過來幹掉自己一樣。

「不要！」少年哀號：「不要過來！」

少年用手移動著身體，就好像要逃出魔爪的小姑娘一樣，即便沒辦法站起來，也要想盡一切辦法保持距離，讓阿吉真的看傻了眼。

「你現在是在演哪齣啦，」阿吉萬般無奈：「我沒有要殺你。」

即便阿吉這麼說，少年還是不敢相信，只是一個勁地搖著頭。

雖然貪生怕死的人，阿吉也不是沒見過，但像少年怕到這種地步的，還真是想都沒有想過。

眼看自己要是再往前踏，這少年說不定連褲子都會尿濕了，阿吉沒有辦法，只好學警方的那一套來對付少年。

「我不會過去，」阿吉指著少年說：「你兩手放頭上，不敢趴就給我躺平！」

少年聽了，連忙照做。看少年一把鼻涕一把眼淚的模樣，真的讓阿吉不禁搖頭。

或許真的應驗了那句俗諺「會叫的狗不會咬人」，平常越是作威作福，靠著符鬼傷天害理的人，在這些都不靈光的時候，就越是懦弱。

眼看少年已經乖乖束手就擒，阿吉正準備拿出手機，打電話要玟珊帶著員警上來將少年逮捕，手一伸進口袋，阿吉立刻感覺到不對。

糟了……

氣頭上的阿吉太過用力，加上剛剛花了不少時間躲在牆邊偷聽，結果現在力量使用過度，似乎又要……

還來不及反應，阿吉只感覺眼前一黑，意識立刻沉入黑暗之中，只見阿吉頭一點，又再度回到失神的狀態。

結果在圍牆內的庭院中，一個失神的阿吉就愣愣地站在原地，以及一個趴在地上完全不敢動彈的少年，彷彿靜止一樣，兩人都凝滯在原地，只有時間慢慢地流逝。

趴在地上的少年，根本不知道眼前這個壓制自己的恐怖對手，已經完全失神愣在原地，雙手抱著頭完全不敢動作。

就這樣過了幾分鐘，突然一個不知道打哪冒出來的符鬼，衝向了阿吉。

眼看就要打到阿吉時，一個身影從後面衝了上來，擋在阿吉的面前，一腳將那隻符鬼踢開，不過那力道，跟阿吉相比，根本連傷都沒有傷害到符鬼，頂多只是讓鬼魂退了幾步，不過倒是救了阿吉。

當然召出這符鬼的人，是少年的姊姊，而那在阿吉面前，踢開符鬼的人，正是玟珊。

眾人約在這裡見面，是分開前來的，兩姊弟與那名保鑣，本來就是一起行動的。剛剛雖然吵架，但姊姊離開其實也只是先回車上等著，並不是真的離開了。結果等那麼久，沒等到弟弟，就帶著保鑣回來看看，想不到就看到弟弟被人打趴在地上的景象，因此二話不說，立刻上前救人，才會放鬼襲擊阿吉。

跟弟弟不一樣的地方是，姊姊所召出來的靈體，其實並不是攻擊型的，只是想要擋住阿吉，不讓他們靠近，如此而已。姊弟倆的差別，由此可見一斑。

也正因為是防守型的符鬼，威力也不怎麼樣，因此玟珊才有可能在這個情況下，守住阿吉，用魁星七式將符鬼踢開。

而這恐怕是玟珊第一次，用自己所學的魁星七式打退靈體，保護了阿吉。

玟珊這邊也跟姊姊的情況差不多，原本跟兩名警員守在路口，結果看到其中一名男子落荒而逃的樣子，大概猜到阿吉應該已經行動了，便要那兩名警員上前把男子留下。

可是兩名警員已經被剛剛那妖怪嚇到，又想到阿吉沒有指示，猶豫半天不敢行動，就這樣眼睜睜看著那名男子，把計程車司機拖下車後，開車逃逸。

看到對方竟然連同伴都不等，就這樣逃跑，玟珊覺得不對勁，於是不管那麼多，決定趕過來查看，結果就看到阿吉差點被符鬼襲擊的情況，當然二話不說，衝到阿吉面前擋住符鬼。而另外兩名警員，也跟著玟珊一起趕過來。

姊姊這邊看到這個趕來的女子，竟然也是用魁星七式，知道本家不只有一個人，除此之外，另外一邊的圍牆入口，也出現了另外兩名男子，天曉得到底還有多少人？

因此姊姊也不敢留下，收了符鬼的同時，指示那個保鑣，要他抱起趴在地上不敢動彈的弟弟，然後三人一起後退，退到了另外一個出口之後，轉身逃離。

當然，在阿吉失神的狀態下，不要說玟珊不敢追了，就連那兩名警員也不敢貿然行動，只能眼睜睜看著三人逃跑。

想不到又是徒勞無功……

阿吉現在這個狀態，果然還是太勉強了。

先不要說，抓到個活口了，光是像這樣突然在不應該失神的時候失神，真的太危險了。

萬一被對方看穿，現在求饒的人，恐怕是玟珊了吧。

看著姊弟跟那名保鑣逃離的背影，玟珊發現自己不自覺地顫抖了起來。好不容易有了反客為主的契機，結果到頭來還是一場空。

尾聲・終焉的序曲

1

修行了一段時間後，雖然鍾家續自己覺得，不管是功力還是對鬼王派的了解，已經遠超過自己所能想像的範圍。加上除了曉潔提供口訣讓自己魔悟外，鍾家續這段時間也繼續磨練著操偶技巧與手腳上的功夫。但實際上到底是不是真的有所成長，還是只是自我感覺良好，還需要經過測試，才能夠真正知道。

隨著日子一天天過去，暑假也逐漸到了尾聲，三人知道，這段堪稱安樂的時光，也即將結束。

對鍾家續來說，差不多也該暖暖身手了，開學後，自己就等於是個活動的標靶，雖然說這段時間的成長，已經遠超過自己的想像，不過是不是真的就可以對付那些人，連鍾家續自己都說不準。

一旦開學了，自己不可能閃得過，當然也可以辦休學，不過總不能這樣逃一輩子吧？

而且同樣的問題，不只有鍾家續要面對，就連曉潔跟亞嵐，可能也有安全上的疑慮，畢竟上次那個死屁孩也說過，他的目標是曉潔。

在這種情況下，如果可以的話，鍾家續還是希望在暑假結束前，讓整起事件告一段落。

雖然到底該如何讓事件告一段落，就連鍾家續也不知道，不過至少可以先找上阿吉，看看能不能好好跟他溝通。

對鍾家續來說，那對姊弟即便很可能是鬼王派的人，但如果他們真的就是殺害那些人的兇手，他一點也沒有想包庇他們的意思。

所以如果阿吉願意聽三人的解釋，願意相信自己跟那些案件無關，那阿吉需要他任何協助，他也一定會幫助阿吉……只是就連鍾家續也知道，自己實際上根本什麼忙都幫不上。

不過至少，多少也朝解決事情邁向第一步，這就是鍾家續的想法。

只是在此之前，在執行這個計畫之前，鍾家續也想要試試看自己到底成長了多少。

除此之外，也有些事情，是這段時間一直藏在鍾家續心中，說什麼都想要試試看的。

所以，確實是時候該暖暖身了。

先前雖然跟曉潔等人一起上山收了不少符鬼，不過那時候的他，還不知道該怎麼製造可以收服元形之靈的符，所以收到的鬼，大部分都已經不適合現在的自己了。

現在距離開學還有一兩個禮拜的時間，鍾家續打算在這段時間裡，先收服一些符鬼，至少讓自己也有點防身之力，這也是三人一開始就計畫好的。

如今，魔悟修行也算是告一段落，雖然知道可能還需要反覆聽過口訣，才可能有各種不同的領悟，不過現在也沒有那麼多時間了。

這天清晨，三人照著原定計畫，收拾好行囊，離開了農舍。

三人揹著行囊，一路朝山下走，走了一陣子，鍾家續心中浮起一股奇異的感覺。

他緩緩停下腳步，將頭轉向西方，因為他感覺到那裡，似乎有什麼不對勁。

曉潔跟亞嵐也注意到了鍾家續的樣子，停下了腳步，曉潔問：「怎麼啦？」

鍾家續也說不上來，只是一直凝視著那個地方。

鍾家續所看的地方，是一處上坡，沒有通行的道路，就是一片很常見的樹林山坡。

不過鍾家續很清楚地感覺到不對勁的地方，所以凝視了一會之後，他將行李放下來，逕自朝山坡上走。

亞嵐跟曉潔互看一眼，不知道鍾家續到底在搞什麼，不過總不能放著他一個人不管，所以兩人也一起放下行李，跟著鍾家續走上山坡。

山坡不算陡，不過雜草叢生，讓亞嵐有點擔心，草叢中，會不會真的突然跑出一條蛇，因此走得有點膽戰心驚。

走沒幾分鐘，兩人看到了鍾家續的背影，他停下腳步，一直望著某個方向。

兩人靠上前，朝鍾家續所看的方向望去，立刻看到了鍾家續在凝視的東西。

那是一個蹲在樹邊，看起來不太像是人的半透明身影。

由於樹木林立的關係，多少讓這附近即便在白天，也有點昏暗，這可能也是這個靈體會顯影的原因。

注意到兩人跟過來的鍾家續，回過頭來，口中說出了一句話，更讓曉潔與鍾家續自己都嚇了一跳。

「那邊有一個地縛妖。」這話一出，就連鍾家續自己都覺得莫名其妙。

為什麼自己會這麼直接就說出靈體的身分？

更重要的是，鍾家續自己還真的這麼想，就好像已經曾經做過測試那樣肯定。

但鍾家續當然知道，自己什麼都沒有做，不過就只是看一眼而已，卻已經有這樣強烈的感覺，就連鍾家續自己都覺得十分莫名其妙。

當然，鍾家續不知道的是，大約在一年前，有個人也跟他有同樣的情況，那個人正是阿吉，而這些都是源自那個開創這一切的祖師爺——鍾馗。

當年的鍾馗祖師，只需要看一眼，不，甚至連看都不需要看，就可以知道靈體的真實身分。

整個歷史上，能夠修練到這個地步的人，真的少之又少。

雖然說兩人同樣都具有這樣的能力，不過兩人之所以有這樣的力量，原因卻有著天壤之別。

阿吉當然是因為在J女中的決戰中，成為鍾馗祖師的假金身所賜，擁有了前人未曾到達過的功力，加上對口訣多年的修行，才擁有這樣的力量。

不過鍾家續卻完全沒有這樣的功力，會有這樣的力量，只有一個原因，而這個原因是一種證明，身為鍾馗子孫的證明。

就是因為天生就流著驅魔至尊的血液，所以透過修行，讓這個力量慢慢甦醒。

對鍾家續來說，這實在是件很諷刺的事情，因為打從出生到現在，鍾家續就一直以鍾家的子孫為榮，引以為傲。

但在遇到了那對姊弟之後，就連鍾家續都懷疑自己體內會不會根本就沒有鍾家的血。

而就在這個懷疑自身血脈的時候，不言而喻的證明卻在他身上綻放出來，可惜的是鍾家續並不知道，這就是他血統的證明。

當然，並不是每個繼承鍾家血脈的人都可以有這樣的力量，不然鍾家續可能立刻就知道這就是鍾家人的鐵證。

遺憾的是，即便在鬼王派的歷史上，也只有一個人繼承了這個能力，那就是鬼王派的開山祖師。

身為本家十二門的掌門，修行了多年的口訣之後，墮入魔道，並得到了前所未有的魔悟，不但大大提升了開門祖師的力量，更讓他體內鍾馗祖師的血脈，得到了解放。

這些日子鍾家續就好像本家的學徒一樣，跟著亞嵐一起聆聽著曉潔的口訣，不知不覺之間，反覆咀嚼了口訣的奧秘，透過魔悟與本身對口訣的領悟，除了讓鍾家續的功力獲得提升之外，也讓他的血脈，如鬼王派開門祖師一樣，逐漸甦醒。

雖然此刻，這些能力就好像天上的星星一樣光芒黯淡，但實際上卻是熊熊燃燒著的恆星，只是鍾家續還完全不知道而已。

不過不管怎麼說，在這個連鍾家續自己都懷疑，自己到底是不是真的姓鍾的時候，身為鍾馗祖師子孫的證明，慢慢在他的身上顯露出來。

只是，關於這個所謂的身世，卻仍然有很多，連鍾家續自己都完全沒有辦法想像的扭曲存在。

這點不只有鍾家續完全沒有辦法察覺，就連自以為已經很了解這一切扭曲命運的人，恐怕都無法想像。

而這一切，也都在等待著他，下山之後一切都將揭曉。

最後三人退回山路，沒有將地縛妖收了，畢竟現在的鍾家續，手邊並沒有適合的符，所以也只能先下山再說，不過對鍾家續來說，現在最重要的，就是先照著自己魔悟到的方法，製作一些可以收服元形之靈的符再說。

2

一艘小小的漁船，航行於浩瀚的大海上。

天空的明月，照映在一片漆黑的海面上，彷彿被大海吞沒一樣。

這艘小漁船就這樣航行在一片漆黑的海上，所有的船員，都站在船的前端，擠在一起，瞇著眼睛期待遠處出現一點光明。

此刻在所有人的心中，都祈禱著那些光明可以快點浮現，讓他們解脫，結束這趟錯誤又恐怖的旅程。

因此所有人都瞇著眼睛，拉長脖子，就是為了可以早一點看到那些應該浮現在遠處的光亮。

看看時間，應該也差不多該出現了，果然過沒多久，一個接著一個的光點，緩緩浮現在遠處的海面上。

終於接近陸地了，所有人看到了光亮，都開心歡呼，甚至抱在一起。

不過這樣的喜悅稍縱即逝，因為接下來可能還得要派出一名代表，去跟船艙裡面的那位老翁報告這件事情。

這件所有人都不願意做的事情，最後經過猜拳，一名倒楣的船員，被派去跟老翁報告。

當然，這個老翁正是所有人會如此懼怕的原因。

這是趟偷渡之旅，因為經不起高額報酬的誘惑，船長接下了這個委託，準備送這名老翁，偷渡到台灣。

原本一切都還算順利，誰知道在中途，竟然遇到了海巡隊。

船長為了安全起見，希望老翁可以到下面的隱密暗倉躲一躲，但老翁卻堅持不要。

結果海巡隊的船真的靠了過來，並且派人上來檢查，當場發現了老翁。

可是說也奇怪，原本以為情況應該會變得很糟糕，但那海巡隊員，卻不知道為什麼一點反應都沒有，就這樣乖乖地回到船上，並且放漁船通行。

可以順利離開，對眾人來說，當然是件好事，不過就在漁船緩緩駛離海巡隊的船時，整船人都看到了海巡隊的船上，所有海巡隊員竟然突然開始自相殘殺，互相攻擊，甚至傳出了槍響。

討海人一向都很迷信，看到這樣的情況，立刻聯想到這一切肯定是老翁搞的鬼。

因此氣氛也變得很詭異，所有人都很懼怕那個老翁，即便只是進去說一聲，也感覺好像是要去見什麼妖魔鬼怪一樣。

那個倒楣的船員，來到了後面的船艙，在艙門外深呼吸了一陣子之後，才將艙門打開，老翁就坐在裡面。

老翁看起來年紀大約六、七十歲，一對凹陷的雙眼，張開眼的時候，看起來就好像眼珠子都要掉出來了。

「看到台灣了。」船員跟老翁說。

老翁閉上眼睛，點了點頭。

既然已經通報完畢，船員說什麼也不願意多留在這邊一秒鐘，船員正準備關上艙門，老翁開口了。

「……今天幾號啊？」

船員看了看時間，現在已經過了十二點了，所以應該是第二天的開始。

「八月十八日。」

船員說完之後，立刻關上艙門，逃命似地衝回前面跟其他人會合。

「那麼今天，」留下老翁一個人獨自在船艙中喃喃地說：「就是六千三百四十二天了……」

同一時間，遠處，在基隆岸邊，三個人佇立在黑夜之中，沒有任何照明設備，就這樣在漆黑的夜裡，待了幾個小時的時間，望著一片漆黑的海洋，靜靜地等待著。

這三個人臉色都很憔悴，即便已經過了幾天，前幾天晚上的事情，還是讓他們心有餘悸。

這三個人不是別人，正是阿吉目前正在尋找的那對姊弟以及他們隨行的保鑣。

對這個姊姊來說，如今再度來到這邊，讓她感慨萬千。

幾個月前，他們就是在這裡上岸的，那時候迎接他們的，還有另外六個師兄。

如今，六個師兄，五死一失蹤，只剩下他們一對姊弟在這裡，正是讓她如此難過與感慨的原因。

雖然說事到如今，已經證明她是對的，但是她一點也高興不起來。

她早就說過，絕對不要小看本家的力量，對這所謂的「招親」，她一直沒表示過任何贊同的意見。但是現在說這些，真的都太遲了。

遠處，終於出現了漁船的燈火，三人對著漁船，閃了幾下暗號的燈光之後，漁船便朝這邊開了過來。

漁船靜靜地停在了岸邊，三人扶著老翁下了船，那艘漁船一見老翁下了船，毫不停留地將船開走，感覺就像是逃跑一樣。

老翁站在岸邊，用力地吸了口氣。

終於，經過了這麼多歲月之後，他又回來了，這個故鄉。

當年落荒而逃的景象，還歷歷在目，當然連同當年上船之際，立下的誓言，也不曾忘記過。

在離開台灣的那一天，他立下一個誓言，而這個誓言，最後又變成流亡海外的他，多年的夢想。

那個夢想就是重回這個故鄉，不求什麼衣錦還鄉，就只是回來，不要被人追殺，堂堂正正地活著，大大方方地告訴周遭的人，他姓什麼，叫什麼。

這些年即便長居在日本，他也不時注意著這個故鄉的一切，關心著這塊土地上發生的一切事情。

然而他看到很多人，都用鬼島，來形容這個故鄉。

他不了解，一群生活在這個故鄉的人，為什麼要用這樣的字眼來形容自己的故鄉？台灣就算再怎麼爛，還是有人想要回來啊！

而且，真正弄爛台灣的人，到底是誰啊？是我們這些有家歸不得的人嗎？

於是，他的這個夢想，有了一點改變。

人類，可以因為夢想而偉大，同時也可以因為夢想，而變得恐怖萬分、邪惡無比。

夢想往往很主觀，卻忽略了實際層面。有些事情，不是個人想要就可以了。尤其是一些夢想，很有可能建築在他人的悲哀與痛苦上。

像是曾經有個男人，夢想擁有自己的國度，夢想可以統一世界，於是他發動了戰爭，為的就是實現他的「夢想」。

比起那個恐怖的狂人來說，老翁的夢想不遑多讓。

如果一切不能如他所願的話，那麼他將執行自己的計畫。

當然故鄉還有幾個機會，就看故鄉自己能不能把握了。

如果不能把握，那麼他將死在這個島上，然後帶著整座島，一起前往煉獄。

這是他回來這個故鄉，唯一的目的。

當然，他的對象可不只有台灣，就連鍾馗祖師一路傳下來的血脈與門派，也將一起步入終點。

「走吧。」老翁對三人說。

與此同時，不遠處的海面突然閃起一道亮光，三人回頭，只見那艘載著老翁偷渡來台灣的漁船，突然燒了起來。

老翁的臉上浮現出一抹淡淡的笑容，頭也不回地走著。

老翁的登陸，也為這一切的終焉，拉開了序幕。

如果老翁真的辦到，那麼台灣將永遠改變，就連鍾馗祖師所流傳下來的一切，也會跟著滅絕。

而此刻不管是阿吉還是鍾家續，根本都不知道老翁的存在。

這無情的序幕已悄悄拉起，就好像那艘漁船一樣，沒有任何人可以倖免於難。

後記

大家好，我是龍雲，很高興在這裡跟大家見面。

最近這幾年，台灣國產的恐怖片開始流行。不管是很轟動的紅衣小女孩，還是類似送肉粽的習俗等等，都輪流被當成題材，搬上大銀幕。如今這個觸角，也伸到了「跳鍾馗」身上。

打從多年前在構思這個系列時，最為核心的東西，應該就是「跳鍾馗」。

想不到如今類似的題材也搬上了大銀幕，讓人不禁感覺到有點遺憾與感慨，第一次有這樣的主題，卻不是阿吉這些鍾馗派的弟子跟大家見面。

不過，如今的趨勢似乎也代表著國產的恐怖片，逐漸在復甦，這絕對是個好現象。

俗話說，有夢最美。就讓我們期待，或許未來的某一天，阿吉等人可以在電視或者是電影上面，跟大家見面吧。

同樣，希望這次的小說大家會喜歡，那麼我們下次見了。

龍雲

作者　龍雲
封面繪圖　LOIZA
總編輯　莊宜勳
主編　鍾靈
責任編輯　黃郁潔
美術設計　三石設計

出版者　春天出版國際文化有限公司
地址　台北市忠孝東路四段303號4樓之1
電話　02-7733-4070
傳真　02-7733-4069
E-mail　story@bookspring.com.tw
網址　http://www.bookspring.com.tw
部落格　http://blog.pixnet.net/bookspring
郵政帳號　19705538
戶名　春天出版國際文化有限公司
法律顧問　蕭顯忠律師事務所
出版日期　二〇二〇年九月初版
定價　240元

總經銷　楨德圖書事業有限公司
地址　新北市新店區中興路二段196號8樓
電話　02-8919-3186
傳真　02-8914-5524

龍雲作品 32

驅魔少女：魔悟

國家圖書館出版品預行編目資料

驅魔少女：魔悟 ／ 龍雲 著. — 初版. —
臺北市：春天出版國際, 2020. 09
面；　公分. —（龍雲作品；32）
ISBN 978-957-741-294-2（平裝）
863.57　　109013213

ISBN 978-957-741-294-2
Printed in Taiwan

龍雲
作品

龍雲
作品

龍雲
作品

龍雲
作品